少年读中国史

· 2 ·

春秋战国　刀剑与思想的交锋

果麦 编

北方联合出版传媒(集团)股份有限公司
万卷出版有限责任公司

果麦文化 出品

　　周代是一个严格的等级社会,属于统治阶层的贵族又可以细分为天子、诸侯、卿、大夫、士五个阶层。烦琐的周礼深入社会生活的方方面面,事无巨细地规定了各个阶层的不同待遇。就连人们日常乘坐的马车,也要体现出严格的等级区别。古代文献中就有记载:"天子乘的车有六匹马,诸侯的车有五匹马,卿的车有四匹马,大夫三匹马,士两匹马,庶人一匹马。"人人都必须遵守这种等级森严的礼制,一旦僭越便有杀身之祸。

　　而从西周进入东周之后,随着周天子地位的逐渐衰落,这种严格的等级制度也开始慢慢动摇,甚至渐渐变得形同虚设。诸侯们开始蠢蠢欲动,向天子的地位发起挑战。尽管有如此严苛的礼制,也没能阻挡周天子慢慢失去权威的趋势。

目录

第一章 礼崩乐坏的时代　001
1. 不像天子的天子　002
2. 步步为营的诸侯　007
3. 齐桓公称霸　011
4. 昙花一现的宋国霸业　017
5. 孔子与老子　021

第二章 晋国崛起　026
1. 扰乱晋国的骊姬之乱　027
2. 流亡十九年的公子重耳　030
3. 晋楚城濮之战　037

第三章 列国争强　045
1. 秦国崛起之路　046
2. 楚庄王问鼎中原　050
3. 走向强盛的吴国　057
4. 忍到极致的越王勾践　063

第四章 从春秋到战国　　　　　　071

1. 被三个臣子瓜分的晋国　　　　072
2. 强大的秦国从何而来　　　　　077
3. 赵武灵王的强国改革　　　　　082
4. 养士之风与稷下学派　　　　　087
5. 搅动历史的两根舌头　　　　　091
6. 百家争鸣的时代　　　　　　　097

第五章 属于秦国的时代　　　　　　105

1. 最可怕的邻居　　　　　　　　106
2. 一场靠"饿"取胜的战争　　　111
3. 荆轲刺秦王　　　　　　　　　118
4. 秦灭六国　　　　　　　　　　123
5. 简帛中的战国社会　　　　　　128

大事年表　　　　　　　　　　　　137

第一章

礼崩乐坏的时代

1. 不像天子的天子

周王朝的穷途末路

西周的最后一任天子是周幽王。一提到他,人们总会想起"烽火戏诸侯"的荒唐事。不过,今天的历史学家已经证实,这个故事纯属虚构。既然如此,他为何会给世人留下如此昏庸的印象呢?

周幽王即位的时候,周朝已是大厦将倾。农耕时代百姓最渴望的便是风调雨顺,这样才能有好的收成,才会有安乐的日子。然而,从周幽王的父亲周宣王那时起,关中一带连年干旱,当地最主要的几条河流都干涸了。老百姓没了水源,生活和生产都受到很大影响。恰在此时,又接二连三地出现地震,人们的生活更是雪上加霜。当时掌管天文历法的伯阳父说,这是周朝将要灭亡的征兆。一时间人心惶惶。

此外，离都城镐京很近的西北游牧民族也威胁着周朝的统治。随着游牧民族日益强大，他们开始想占领更多的土地。周宣王曾与游牧民族在千亩（今山西介休南）作战，结果王师败绩，损失惨重。周幽王即位后，游牧民族更是肆无忌惮，周幽王却无计可施。

在如此内忧外患之时，王室内部也是危机四伏、矛盾重重，而这与周幽王脱不了干系。自周文王立国时起，姬姓王族便一直与姜姓联姻。周幽王很年轻的时候便立了申侯的女儿申姜为王后，并生下了太子宜臼。但后来，他又迎娶了褒国的公主褒姒。

褒姒是夏朝王室的后代，其家族在周朝也有一定的影响力。周幽王本想让姜、姒两姓互相制衡，但随着对褒姒的宠爱日益加深，周幽王任性地废黜了太子和申后，彻底得罪了姜姓一族。他对诸侯的轻视与妄为，彻底打破了长久以来的权力平衡，为西周灭亡埋下了伏笔，也为后世"烽火戏诸侯"的民间故事提供了素材。

二王并立

褒姒的儿子长大后，周幽王爱屋及乌，亲自赐名"伯服"，出土文献中也写作"伯盘"。"伯"表示嫡长子，"盘"则有快乐的意思，从这个名字就可以看出周幽王对褒姒之子的偏爱。

不久，周幽王不顾王室的反对，立褒姒为后、伯服为太子。原太子宜臼逃往申国，申侯看到无比委屈的外孙，勃然大怒。为了维护本族在王室中的权益，申侯主动联合缯侯，在西戎军队的帮助下，以"清君侧"为名发动叛乱，决意杀掉伯服，恢复废太子的地位。得到消息后，周幽王率军平叛，不幸兵败被杀，太子伯服也死于乱军之中。

周幽王和太子伯服已死，而废太子还未被恢复，此时的周王朝突然出现了少见的权力真空局面。各派势力都不愿放过这个争权夺利的机会，于是便有了下面这一幕：掌握王朝军权的虢公翰代表朝廷一方，主张拥立幽王的弟弟余臣即位，也就是携王；申、缯等诸侯自然不会同意，他们联合许、郑等地方诸侯，拥立宜臼在申国即位，也就是平王。

双方势均力敌，水火不容，由此进入了分裂周室的"二王并立"时代。此时，面对这两个都不够强大的国君，大多数诸侯都各怀鬼胎，逐渐不再朝拜天子，就连每年应缴的贡奉也断了。

至此，周天子再也不是曾经各国来朝的天下共主，只能坐视诸侯纷纷坐大、群雄割据，成了"不像天子的天子"。

平王东迁与天子式微

周平王看到关中宫室被洗劫一空，百姓四散逃难，土地也大多荒芜，便想到与其在申国"蜗居"，不如迁都他处，另做打算。这时，他看中了东边的洛邑（今河南洛阳）。

作为都城，洛邑可以说拥有许多优势。那里气候条件优越，水源充沛，粮食充足。在地理位置上，洛邑地处中原腹地，周围有众多诸侯国拱卫在外，保护屏障足够坚固。加上洛邑城墙高大、人口众多，在西周时代就是重要的政治中心，如今作为新的都城再合适不过了。

权衡之下，周平王很快动身迁都。然而，这却成为他失去天子权威的开始。东迁之后，周王室失去了大量的土地与百姓，仅剩洛邑周边一带可以立足。"二王并立"时，许多诸侯都处于观望的状态，周平王迁都之后，诸侯们见周天子势力更加衰落，越发不把周王室看在眼里，纷纷发展壮大自身的势力。

而周平王本人也推动了诸侯国势力的壮大。秦国本是一个没有主权的附庸国,周平王迁都时,秦国国君主动派兵护送。周平王也投桃报李,将岐山以西的土地和人口全部慷慨地送给了秦国,让它升级成真正的诸侯国。此外,岐山以东的许多地方早已被晋国侵吞,周平王索性顺水推舟,直接把汾河附近的土地全部赏赐给晋国,并赐予晋君代替天子征伐叛乱的特权。这样,晋国便可以光明正大地扩充领地了。这样一份大礼着实感动了晋文侯,他立刻表明立场,只认周平王这一个君王。为表忠心,他还以"平叛"的名义带兵攻入镐京,杀死了携王。至此,"二王并立"的分裂时代结束,西周彻底灭亡,东周的历史拉开了序幕。

为了继续拉拢诸侯,周平王对洛邑附近的诸侯国格外关照,将卫国升级为爵位中最高的公爵,又把大片肥沃的土地赏赐给郑国。尽管周平王如此费尽心思地讨好诸侯,但也有一些诸侯并不买账。自古立天子讲究名正言顺,而在一些诸侯眼中,周平王是叛军所立,且有杀父篡位之嫌,很难让人信服。以齐、鲁两国为核心的东方各国,便对天子视而不见,周平王驾崩的时候,鲁国竟无人前去吊孝。有的诸侯一边从周天子那里拿着好处,一边对周天子颐指气使。最终,周平王在与各诸侯的周旋中精疲力竭，徒有天子之名，实际上却要看大诸侯们的脸色行事。

2. 步步为营的诸侯

郑庄公的崛起之路

　　东迁之后，周平王仅剩方圆六百余里的领地，甚至比不过方圆数千里的大诸侯国，只相当于一个中等诸侯国。各诸侯国见周王室已衰落，纷纷发动兼并战争抢夺地盘，开启了诸侯争霸的新时期。

　　首先在争霸中脱颖而出的是郑国。这个西周晚期才新分封的国家凭着机遇和努力，后来竟成了称霸中原的强大势力。郑国的第一代国君郑桓公名叫姬友，周幽王时期为周朝司徒，掌管全国的土地和户籍。郑桓公知道天下将要大乱，便事先将郑国财产、部族转移到洛邑附近。后来，郑桓公的儿子郑武公即位，他在周平王迁都洛邑时一路护送，之后以诸侯的身份兼任王室的卿士，顺利进入了王室的权力核心。在周王室的默许之下，郑武公吞并了周边的多个城邑，郑国从此走上崛起之路。

郑武公有两个儿子，大儿子叫寤（wù）生，小儿子叫段。郑武公的夫人武姜厌恶出生时难产的寤生，偏爱段，多次无视周礼，在郑武公病重之际请求立段为太子。郑武公不同意，仍然让寤生继位，也就是后来的郑庄公。可是，武姜从未停止对段的偏爱。

郑庄公刚继位，武姜便请求将军事要地制邑封给段，郑庄公没有同意。武姜不死心，又要求把比都城还要大的京邑封给段，郑庄公不好再拒绝母亲，只能同意。大臣们对此议论纷纷，可郑庄公只说了一句"多行不义必自毙"，便不再理会了。段到了京邑以后，让周边的城邑都服从自己的命令，大臣们纷纷反对，可是郑庄公仍然放任不管。其实，暂时的放任只是一种策略，郑庄公是在等一个更好的时机。在这时就处理段，别人可能会说他冷血无情，等到段真的谋反，就可以一劳永逸地彻底把他消灭。

果不其然，段的胆子越来越大，开始招兵买马，准备偷袭郑国都城，武姜则打算偷偷打开城门接应他。段兵临城下时，郑庄公知道时机已经成熟，迅速发兵讨伐。段战败逃回京邑，却发现京邑早已投降，于是一路逃到了国外。

平定了段的叛乱后，郑庄公对母亲的行为失望至极，便将她囚禁在城颍，并发誓说："不到黄泉，不再相见！"一年多以后，国内外舆论纷纷，都指责郑庄公不孝。郑庄公也有些后悔，可是君无戏言，该怎么办呢？这时有个叫颍考叔的大臣建议他，"黄泉"是可以造出来的。郑庄公便事先在地下挖一条地道，一直挖到地下水涌，称之为"黄泉"，用于与母亲相聚。这就是历史上著名的"掘地见母"的故事。武姜也反思了当年的过错，母子二人的关系恢复如初。

制造"黄泉"与母亲相见的建议之所以能顺利实现，背后其实是心思缜密的郑庄公主动推动。因为他知道，君王必须以"孝"治天下，这份母子情不管是真是假，都需要维持表面的和谐。

颜面尽失的周天子

郑国前三代君主在周王室都有很大的权力。第一代郑桓公担任司徒，掌管全国的土地和人民。第二代郑武公担任王朝卿士，掌管整个周朝的政务。第三代郑庄公继承父亲的国君之位时，同时也继承了王室卿士的职务，在周王室和诸侯国中都有着举足轻重的地位。

可是郑庄公一直忙于郑国事务，很少去洛邑上朝，也很少替天子分忧。周平王便想趁此机会把郑庄公手上的大权分散出去，于是他宠信的西虢国国君虢公忌父就成了候选人。虢公忌父心里清楚，郑庄公权大势大，为了分权得罪他得不偿失，于是便委婉地拒绝了周平王。郑庄公虽然身不在朝，却有众多耳目。此事被添油加醋地传到了郑国，郑庄公听后非常气愤，立即当面向周平王表达不满。

周平王知道自己的实力居下风，只好软弱应对，否认有这回事。郑庄公当然不信，便威胁周平王说自己要辞去官职。二人争论不下，最终周平王做出了巨大的让步——为获取郑庄公的信任，他把太子狐送到郑国当人质。为表诚意，郑庄公也把郑国的太子忽送到京城当人质，史称"周郑交质"。

交换质子本是诸侯国间的外交手段，至高无上的周天子为博取臣子的信任而采取此种手段，无异于自降身段，在中国历史上也是头一次，不仅不合周礼，而且极为荒唐。此前周王朝虽然日渐衰落，但表面上大家仍把平王看作共主，交质之后则是礼乐崩坏，王室彻底失去了权威。

不久，平王病逝，太子狐因哀伤过度病死，大臣们拥立周平王的孙子即位，也就是周桓王。桓王将叔叔狐的死归咎于郑国，便让虢公担任卿士之职，不再让郑庄公参与王室朝政。周郑关系一步步恶化，双方终于在前707年在繻（xū）葛（今河南长葛北）开战。结果桓王大败，肩膀也被射伤。

这次战争之后，君臣之礼尽废，诸侯国崛起，不再服从天子。而郑庄公却步步为营，凭借着雄厚的经济基础和战略手段，带领郑国多次击败宋、卫、陈、蔡、鲁、许等国，成为春秋第一位霸主。因为称霸的时间不长，史称"庄公小霸"。

3. 齐桓公称霸

惊险即位的公子小白

郑庄公只做了几年霸主便去世了，之后郑国陷入长达十几年的内乱之中。与此同时，不远处的齐鲁两国也在上演着一幕幕臣子弑君的惨剧。

齐襄公在位时荒淫无道，国政混乱不堪。大夫连称、管至父二人便联合齐襄公的堂兄弟公孙无知发动叛乱，害死了齐襄公，公孙无知自立为君。第二年，大夫雍廪（lǐn）又杀了公孙无知，齐国暂时出现了没有国君的状况。

当时，逃到鲁国的公子纠和逃到莒国的公子小白都接到了回国即位的通知，谁先赶到国都谁便能做齐国的国君。

鲁国为了让公子纠顺利即位，一边发兵送公子纠回国，一边派公子纠的老师管仲带兵截杀公子小白。管仲的箭法很准，追上公子小白的队伍后，一箭便射中了公子小白系腰带的挂钩，这也是"一箭之仇"这个成语的出处。公子小白为了迷惑管仲，咬破舌头，假装口吐鲜血而死，于是管仲派人回鲁国报捷。

接到消息后，公子纠就放慢了回国的速度，过了六天才到。而公子小白则兵分两路，一边让人大张旗鼓地运着空棺材发丧，一边和自己的师傅鲍叔牙日夜兼程，抄小路提前赶回了齐国。由于公子小白最先赶到国都，于是齐国人就立他为国君，这就是齐桓公。

治国之才管仲

齐桓公即位后，为报一箭之仇，想杀掉管仲，同时任命自己的老师鲍叔牙为国相。鲍叔牙知道后,赶紧劝齐桓公说:"如果您只想治理齐国,那么让我为国相是可以的。可如果您想成就一番霸业,就必须重用管仲。管仲到哪个国家,哪个国家就能强盛,所以千万不能失去他呀!"

原来,管仲和鲍叔牙是早就相识的一对好友。两个人曾经合伙做买卖,管仲出的本钱少,可是到分红的时候,他却要多拿。鲍叔牙手下的人都很不高兴,骂管仲贪婪。鲍叔牙却解释说:"他哪里是贪这几个钱的人呢?他家生活困难,是我自愿让给他的。"

管仲曾经带兵打仗,进攻的时候他躲在最后面,退却的时候却跑在最前面。士兵们都瞧不起他,鲍叔牙却说:"管仲家里有老母亲,他保护自己是为了侍奉母亲,并不是真的怕死。"

管仲听到这些话非常感动,感慨地说:"生我的是父母,最了解我的却是鲍叔牙呀!"管仲和鲍叔牙就这样结成了生死之交,这也是成语"管鲍之交"的由来。

在鲍叔牙的推荐下,齐桓公将管仲从囚笼中释放出来,和他谈论治理国家的办法。齐桓公发现管仲确实有经天纬地之才,便拜他为相,将政事全部交给他处理。齐桓公不计前嫌、任人唯贤的大度获得了回报,管仲的确不负众望，全力辅佐齐桓公，并很快使齐国强盛起来，为后来的称霸铺平了道路。

春秋第一位霸主的诞生

由于鲁国曾支持公子纠与自己争位，齐桓公便以此为由多次讨伐鲁国。鲁庄公请求割让城池以求和，齐桓公同意了，并与鲁庄公举行会盟。没想到在会盟时，鲁国的将军曹沫突然拔剑劫持了齐桓公，要求齐国归还侵占的鲁国土地。齐桓公被逼无奈，只好答应。

事后齐桓公越想越气，不仅不愿归还土地，还想杀掉曹沫。按当时的礼法，胁迫之下签订的约定是可以不遵守的，但是管仲劝谏说："那样做的话，只是逞一时之快。如果失信于诸侯，天下人就不会帮助我们了！"齐桓公接受了管仲的建议，将侵占的土地还给了鲁国。诸侯们知道了这件事情，都认为齐桓公言而有信，渐渐地都想依附齐国了。

后来山戎攻打燕国，燕国向齐国求救。齐桓公出兵讨伐山戎，一直打到很偏远的地方才撤军。为了表示感谢，燕庄公一路送齐桓公回国，结果两个人光顾着聊天，一不小心就到了齐国境内。齐桓公说："周礼规定，诸侯间送别不能超出自己的国境，我不能让燕君违礼。"于是就把燕君所到之处割给了燕国。诸侯们听说此事，更是开始争相结交齐国。

戎狄侵略邢国和卫国，邢国损失惨重，卫国国君身死国灭，国都只有七百余人逃过黄河，整个卫国仅有两个邑没有被战火波及。齐桓公组织诸侯出人出力，帮助邢国把都城迁到安全的地方，帮助卫国复国并重建国都。对从西周中期开始便不再向周天子朝贡，而且常常欺凌周围小国的楚国，齐桓公则是另一种态度。他先是找了个借口，率领齐、鲁、宋、陈、卫、郑、许、曹八国军队，讨伐楚国的盟国蔡国，在蔡国臣服后，又继续讨伐楚国，逼得楚国答应遵守诸侯本分，恢复向周天子纳贡。

不久，周王室发生动乱。齐桓公又约集鲁、宋、卫、许、曹、陈等国在洮（táo）地会盟，将太子郑扶上周天子的宝座，也就是周襄王。几年后，为约束各诸侯国的行为，齐桓公与各国国君在葵丘会盟。周襄王听说后，很感激齐桓公带头支持自己继位，便派太宰赐给齐桓公胙（zuò）肉、彤弓矢以及天子车马，这是周天子给予诸侯国的最高奖赏。就这样，齐桓公成为春秋时期第一个

齐桓公"九合诸侯,一匡天下"

正式的霸主，将齐国的霸业推向巅峰。

这一时期的霸主仍然要打着"尊王攘夷"的旗号，承认周天子天下共主的地位，势力大小取决于盟国的多少。而到了之后的战国时期，各国争霸的目的则变成了消灭其他诸侯国、统一天下，这也是春秋时期和战国时期的一大区别。

4. 昙花一现的宋国霸业

为他人作嫁衣的宋襄公

周代贵族的爵位分为公、侯、伯、子、男五个等级，宋国是由商朝遗民建立的国家，其国君属于诸侯五等爵位里最高的公爵。宋国在传到宋襄公这一代时，有过一次短暂的兴盛。

宋襄公是宋桓公的儿子，一向有贤明的名声。宋襄公还没即位的时候，曾提出把太子之位让给哥哥目夷，目夷没敢接受，但是天下诸侯都知道了宋襄公谦逊仁厚的品德。

后来，齐桓公在葵丘会盟诸侯，正巧碰上宋襄公在家办理父亲的丧事。宋襄公知道葵丘会盟对齐国很重要，便戴着孝去参加会盟。齐桓公很感动，就把自己的继承人公子昭托付给了宋襄公。齐桓公死后，诸公子争位，齐国大乱。宋襄公为履行当年的托孤约定，会同曹、卫、邾这几个小国出兵攻打强大的齐国，最终使公子昭成功即位，也就是齐孝公。

齐孝公十分感激宋襄公的帮助，便率领齐国及自己的附属国一起听命于宋国。获得了空前威望的宋襄公觉得，自己也可以像齐桓公一样会盟诸侯，做天下的霸主。但做霸主是需要实力的，需要各诸侯国和周天子的认可。

当时的大国之中，齐国、晋国因内乱无暇争霸，秦国则地处偏远的西北，只有地处南方、疆域最大的楚国，算得上霸主的有力竞争者。楚国民风彪悍、兵强马壮，迫使许多中原小国都投靠了自己。但是在宋襄公看来，楚国国君爵位太低，是五等爵位中倒数第二位的子爵，和自己的公爵完全没法比，因此根本不把楚国放在眼里。

为了试探各个大国的态度，宋襄公先在鹿上（今安徽阜南西）组织了一场会盟，和齐、楚两个大国签订盟约。齐孝公是宋襄公拥立的，自然要卖给他一个人情。楚成王认为宋襄公根本没有资格做盟主，心中不禁暗笑，但表面上暂时答应了宋襄公的荒唐要求。于是三国同盟里，宋襄公成了盟主，赚足了面子。

有了大国的认可，宋襄公觉得自己的霸主之梦就快实现了。于是同年秋天，他召集了更多诸侯在盂地（在今河南睢县）会盟。这一次楚成王没有再任由宋襄公当盟主，而是在会盟时直接挟持了宋襄公，自己做了盟主。紧接着，楚国人利用宋襄公做人质，差点灭亡了宋国。幸亏公子目夷带领宋国上下齐心抗敌，才逼得楚国退兵。

宋襄公呕心沥血，最后却给别人作嫁衣裳，当众出丑。他羞愤至极，恨透了楚国。

迂腐过时的贵族精神

周代的礼乐制度是一整套贵族的行为规范，上到天子下到士人都必须遵守。西周时，礼乐制度由天子制定并监督执行，对不遵守的人施以惩戒。但是到了春秋时期，随着周天子权威的失落，诸侯们不再严格遵守礼制，时有僭越。而身处诸侯争霸时代的宋襄公，却仍然处处以礼制作为行事准则，成了这个时代的一个"另类"。

楚成王退兵后，本想把宋襄公杀了，在齐鲁两国国君的力保之下才把他放了。宋襄公回国后越想越气，便找了个理由准备讨伐楚国。由于宋楚两国实力悬殊，大臣们都极力反对。宋襄公说："怎么能因为敌人强大就不维护道义了呢？"于是向楚国宣战。

战争爆发时，宋、楚两军夹河相对，宋军少，楚军多。在战斗正式开始前，宋襄公特地向士兵规定"不伤二毛"，也就是不要伤害敌军中头发花白的老人。当宋军已摆好阵势时，楚军还在渡河。宋国大臣建议："敌众我寡，不如趁着他们现在还没有全部渡过泓水，立刻进攻，说不定还有取胜的希望。"宋襄公说："不行。礼法规定'不鼓不成列'，要打仗就要堂堂正正地对战，不能占人便宜。"过了一会儿，楚军全部渡河完毕，但还没有摆好阵势，大臣又建议宋襄公下令立即进攻，宋襄公仍然不许。等楚军摆好了阵势，宋军才发动进攻，结果可想而知：宋军损失殆尽，宋襄公也在战斗中受了腿伤。

战败之后，宋襄公曾解释说："君子作战，首重道义。我们虽然战败了，却维护了君子作战的法则，敌军还没有列好阵，我们就不能攻击。"在宋襄公看来，人可以死，仗可以败，但贵族精神不能丢。

几年后，宋襄公因腿伤复发而死。他大概至死也没有意识到,春秋时期哪里还有义战?宋襄公死后一百多年,军事家孙武总结出了一句"兵者,诡道也",一语道破了战争的本质。

5. 孔子与老子

讲"礼"的孔子

春秋时期是个礼崩乐坏的时期,从天子到诸侯,违礼的事情每天都在上演。但是,也有人终其一生都在为维护礼、推广礼而奔走。这个人不符合礼的东西不看,不符合礼的言语不听,不符合礼的话语不说,不符合礼的事情不做,他就是孔子。

孔子是鲁国人,年轻时从小官做起,后来开始收徒讲学。据说他一生中教授的学生有三千多人,其中成就了一番事业的有七十二人。有一次,孔子在家中休息,弟子们陪伴左右,聊着聊着便说到了礼。

弟子问:"礼有什么用呢?"孔子说:"礼是非常实用的东西,是人与动物相区别的标志,也是治国安邦的根本。人若守礼，便能治理恶劣习性而保全良好品行。"

弟子又问："礼有这么多好处，可到底什么才是礼呢？"孔子说："君子遇到事情，必然要使用相应的手段，其中合适的手段就是礼呀！"弟子继续问："那么，什么是合适的手段呢？"

孔子没有直接回答，而是举了很多例子。他以办丧事为例，说与其陈设奢华，不如俭朴；与其仪式隆重，不如有真实的悲伤之情。在孔子眼中，强调内心情感的真实体验，强调欲望方面的克制与节制，才是礼的根本。

孔子死后，学生们把他的言论整理成《论语》一书，将其学说继续发扬光大。到了战国，孟子又对孔子的学说加以发挥，最终形成了中国古代的一大显学——儒学。

论"道"的老子

《史记》中记载，孔子的学问已经很大了，却还常常担心自己对知识的理解不够深刻，便到周都洛阳向老子"问礼"。老子比孔子年长，长期为周王朝掌管典籍，在年轻的时候便博览群书，智慧超群。

老子的老师常枞（chuāng）病了，老子前去探望，问老师还有什么可以教给自己的。常枞说："有。我问你，路过故乡的时候要下车步行，你知道为什么吗？"老子说："这难道不是说不要忘本吗？"常枞一笑说："是这个道理。那见到高大的树木要快步向前，你知道为什么吗？"老子说："这难道不是说要敬老吗？"常枞又一笑，点头认可。

接着常枞张开嘴巴，问老子："我的舌头还在吗？"老子说："在！"常枞继续问："我的牙齿还在吗？"老子说："不在了！"常枞问："关于这个，你知道为什么吗？"老子说："舌头还在，不是由于它的柔韧吗？牙齿会脱落，不正在于它太过刚强吗？"常枞笑着说："是这个道理！天下事情的道理都在里面了，我已经没有什么可以再对你说的了。"

从始至终，常枞都是用比喻的方法来教导老子，而老子也能心领神会，很快就能明白常枞的深意。常枞死后，老子在追求"道"的道路上继续不断思考与实践，最终成为一代宗师。

老子晚年时辞官西去，路过函谷关的时候，在关令尹喜的请求下，将毕生思想留在了《道德经》一书中。《道德经》虽然仅有短短几千字，但其精妙的哲理和智慧几千年来却一直吸引着无数人的关注。

读史点评

周代的礼乐制度,最初是社会上普遍存在的各种行为规范,其中最重要的便是政治规范。从高高在上的周天子,到权势微弱的普通士人,衣食住行、言行举止都有一定的标准。西周时礼乐制度由天子制定,并由天子监督执行,对不遵守制度的人施以惩戒。但是到了春秋战国时,诸侯们僭越礼制、不守规则的事情时有发生,维持了数百年的礼乐制度遭到了严重破坏。

之所以会出现这种现象,一方面是由于周王室实力衰弱,周天子虽然是名义上的天下共主,但是能够调动的资源已经越来越有限了,后来甚至要依靠诸侯的支持才能存活。另一方面,各地的诸侯在历经数百年的经营之后,早已习惯了弱肉强食、强者为尊的生存法则。因此,在这个内乱外患频发的时代,只有强者才是霸主,说的话才具权威。

从齐桓公开始,春秋时的霸主在会盟诸侯时,都必须有周天子的封赏才算数。既然已经礼崩乐坏,为什么诸侯称霸仍然希望获得周天子的认可呢?

第二章

晋国崛起

1. 扰乱晋国的骊姬之乱

骊姬的诡计

春秋时期的晋国在晋献公时开始崛起，兼并了十七个小国，周边的三十八个小国都表示臣服。晋献公据说有八个儿子，其中申生、重耳、夷吾三人都贤良而有德行。等到他们长大成人，可以独当一面了，晋献公就把大儿子申生立为太子。

骊戎是秦晋之间的一个小国。晋献公即位五年后，派人攻打骊戎，骊戎无力抵抗，只好求和。骊戎的国君把自己的两个女儿骊姬和少姬嫁给了晋献公。骊姬姐妹长得漂亮，又懂得拉拢人心，很受晋献公的宠爱。

骊姬被晋献公立为夫人，几年后生了个儿子叫奚齐，少姬也生了个儿子叫卓子。骊姬想让自己的儿子继承王位，于是想尽办法迫害太子申生。申生的母亲齐姜在他很小的时候就去世了，但他的外公是齐桓公，姐夫是秦国的国君秦穆公，而且申生协助晋献公处理国家事务多年，举止行事都很妥当，有很多拥护者。骊姬投鼠忌器，一时之间也拿他没办法。

不过时间久了，骊姬和她身边的人还真想出了一个对付申生的主意。骊姬以晋国周围有很多强国为理由，差人劝献公派有能力的公子守护军事要地。晋献公认为这个想法不错，便派太子申生长驻曲沃，公子重耳长驻蒲地，公子夷吾长驻屈地，以防范敌国的突袭。而骊姬姐妹的儿子奚齐、卓子由于尚在襁褓中，自然都留在了国都。

一转眼十年过去了，骊姬的地位越来越稳固，晋献公与身在外地的三个儿子却日渐疏远。她觉得时机已经成熟，可以实施自己的计划了。

被陷害的晋国三公子

骊姬一面继续讨好晋献公，一面暗地里结交大臣。她虽然忌恨太子申生，表面上却装得与他异常亲近，善良的申生逐渐放松了警惕。

申生是有名的孝子，一天，骊姬对申生说晋献公梦到了申生的母亲齐姜，请申生去曲沃祭奠母亲，回来后把祭祀用的胙肉献给晋献公，祈福去恶。申生信以为真，便照做了。

晋献公打猎回来，骊姬暗中在胙肉中下了毒，献给献公。献公以胙肉祭地，地上的土凸起来了；拿肉给狗吃，狗被毒死了；给宫里的小臣吃，小臣也死了。骊姬见状哭着对献公说："是太子想谋害您。"

申生百口莫辩，只好自杀明志，含冤而死。除掉申生以后，骊姬又开始诬陷献公另外两个儿子重耳和夷吾。重耳与夷吾是同父异母的兄弟，他们的母亲也是亲姐妹。兄弟俩先是分别逃到了蒲城和屈城，不久，在晋军的追击下，两个人又再次分头逃亡。重耳逃到了自己母亲的母国白狄，夷吾则逃到了靠近秦国的梁，希望能得到秦国的帮助。

骊姬的阴谋并没有得逞，诸公子被挤走后不久，晋献公便离世了，年幼的奚齐和卓子也因为缺少强大的外援，先后被大臣杀死。一时间群龙无首，各派势力相互攻伐，晋国立刻陷入了动乱。

这时有大臣向重耳递去了橄榄枝，希望他回国继位。

面对凭空掉下的馅饼，重耳看了看晋国暂时还不太明朗的形势，婉言拒绝了。于是，橄榄枝又传到了夷吾手中。夷吾喜不自胜，但他也知道天下没有免费的午餐，于是在身边谋臣的建议下又是封官又是许愿，至于能不能落实则要等继承了国君之位再说。

在秦国的武力保障和晋国大夫里克等人的支持下，夷吾顺利回到晋国，当上了国君。由于夷吾在继位的过程中得到了很多人的帮助，历史上将他称为"晋惠公"。

2. 流亡十九年的公子重耳

被迫出走

晋惠公即位后，派人给秦穆公送信说："当初为感谢您助我回国继承君位，我许诺把河西之地给您，可现在我的大臣们说：'土地是先君的土地，您逃亡在外，凭什么擅自将土地送给秦国？'我没有办法，所以向您道歉。"秦穆公见晋惠公言而无信，一怒之下派兵攻打晋国，俘虏了晋惠公。幸亏周天子、秦穆公的夫人都帮着求情，晋惠公才得以狼狈地回到晋国。

　　晋惠公不仅对秦国毁约,对帮助自己回国继位立下头功的大夫里克,惠公不但没有按约定把汾阳城邑封给他,甚至因为怕他谋反而夺去他的权力,命他自杀。多疑的晋惠公还听到谣言说有大臣与重耳暗中联系,偷偷依附重耳,便派人刺杀重耳。

　　重耳被迫再次逃亡。这时秦晋已渐渐恢复交好,所以重耳一行决定往东去齐国。此时的重耳已经五十四岁,临行前他对妻子季隗（wěi）说:"等我二十五年,如果到时候我还没回来,你就改嫁吧。"季隗本是赤狄部族的一位公主,十三岁时作为战俘被献给重耳为妻,十几年来二人一直十分恩爱。她笑着回答:"等到二十五年后,我恐怕都老死了,还嫁什么人。即便如此,我还是会等着你的。"

　　可见重耳本人对于这次出逃的前景并不乐观,甚至做好了持续逃亡的准备。就这样,重耳一行踏上了去往齐国的路途,随行的有他的舅舅狐偃、老师胥臣、贤士介子推等,还有赵衰（cuī）和魏犨（chōu）,这两个人后来在战国时分别成为赵国和魏国的始祖。

曲折坎坷的流亡之路

重耳一行先是来到了卫国。卫国国君的祖先是周武王的弟弟，晋国国君的祖先则是周武王的儿子，算起来两国还是宗亲。但卫文公见到重耳落魄的样子，有点看不起他，招待也不怎么上心，重耳等人只好离开了卫国。

逃亡的路上，有一次重耳实在饿得受不了，想向沿途的村民讨点吃的。结果村民竟然捉弄他，盛了一些土给他吃。重耳是个贵公子，哪里受过这种气。赵衰安慰他说："土象征着土地，这是上天想要赐给您土地呀。您应该郑重行礼，愉快地接受。"重耳觉得有理，便向村民行礼拜谢，把土块装到车上，打起精神继续奔往齐国。

到了齐国，齐桓公盛情款待了重耳，把同族的少女齐姜嫁给他，还陪送了二十辆马车供他使用。重耳在齐国住了五年，天天锦衣玉食，渐渐忘记了自己的鸿鹄之志，甚至有了定居的打算。

不久齐桓公去世，齐国处于内忧外患之中。赵衰、狐偃和齐姜认为齐国已无力帮助重耳，于是都劝重耳离开齐国。重耳说："人生来就是为了寻求安逸享乐的，管其他的事干什么！我不走，我死也要死在齐国。"

齐姜、赵衰和狐偃等人只好用计灌醉重耳，用车载着他离开了齐国。走了很长一段路后，重耳才醒过来，知晓了事情的真相后，气得拿起戈追杀狐偃。但气消了之后，他也明白大家是为自己好，事已至此，只好继续往前走。

一行人先到了同是姬姓的曹国，没想到曹共公相当无礼，于是他们又去了号称"仁义之邦"的宋国。宋襄公按国礼的规格接待了重耳一行，但宋国刚刚被楚国打败，宋襄公本人也身负重伤，无力为重耳提供援助。

重耳一行又到了郑国，同是姬姓的郑国也不按礼节接待他们。众人继续南行到了楚国，楚成王用对待诸侯的礼节招待了重耳，酒酣耳热之际，楚成王问："如果您将来能回到晋国，准备用什么来答谢我现在的款待呢？"重耳答道："珍禽异兽、珠玉绸绢，您什么都不缺。假使我们两国不得已兵戎相见，我会为您退避三舍。"

古代行军三十里为一舍，三舍就是九十里。楚国大将子玉觉得重耳出言不逊，有想要与楚国争霸的野心，劝楚成王杀了他，楚成王没有答应。

流亡路上的晋国公子重耳

在秦国遇到的机会

重耳在楚国住了几个月后,晋惠公病重,在秦国做人质的太子圉(yǔ)不辞而别,偷渡回国继位,史称"晋怀公"。之前,秦穆公将自己的女儿怀嬴许配给太子圉,如今竟被抛弃。这件事令秦穆公很生气,他听说重耳住在楚国,于是派人盛情邀请重耳到秦国去。

重耳到了秦国后,秦穆公将自己同宗的五个女子嫁给重耳,其中也包括被太子圉(yǔ)抛弃的怀嬴。太子圉是重耳的亲侄子,这样算起来怀嬴算是重耳的亲侄媳妇。对这个安排,重耳一开始内心是有点不情愿的。

怀嬴在侍奉重耳洗漱的时候,重耳感到有点尴尬,便挥手叫她走开。怀嬴生气地说:"秦晋两国都是大国,互相匹敌,你凭什么看不起我?"重耳听到后害怕了,立刻脱去所穿的礼服,换上素衣囚服,等候秦穆公发落。

秦穆公是个很有气度的人,他对重耳说:"我的这些嫡女当中,就数怀嬴最有才能。因为寡人特别喜欢这个女儿,又特别喜欢你,才把她嫁给你。这是寡人失礼在先,无论公子怎么做,我都没有意见。"

重耳的舅舅狐偃说话向来直来直去："公子你马上都要去抢夺晋太子圉的王位了，现在有什么好扭扭捏捏的呢？"赵衰也引经据典地说："古书上说，你有事要请人帮忙，就必须先要做对人家有利的事。现在秦君主动找你结亲，这是求之不得的好事，有什么可迟疑的呢？"

重耳于是正式迎娶怀嬴，并让她做了正妻。秦穆公大喜，专门设宴款待重耳，还承诺将不遗余力地支持重耳回到晋国。晋国的大夫们听说重耳人在秦国，并已取得秦国的支持，纷纷投靠，愿做内应。

次年正月一开春，秦穆公就派重兵帮助重耳进入晋国。重耳在祖父晋武公的祭庙朝拜即位，史称"晋文公"。晋国的大臣们听到这个消息后，纷纷前往曲沃朝拜。晋怀公见大势已去，只好逃出京师，不久便被人杀死了。

流亡十九年后，重耳终于得以回国执掌晋国大权。这一年，重耳已经两鬓斑白，是位六十二岁的老人了。

3. 晋楚城濮之战

进退两难的晋文公

晋国励精图治的时候，楚国人也没有闲着，他们开始北上，一心想称霸天下。晋文公即位后的第三年，楚军包围了宋国，宋国无力抵抗，向晋国求助。

晋国虽有与楚国抗衡的实力，但对方也不容小觑。即便如此，朝臣们大多仍是支持援宋的，因为晋国也想抓住机会称霸天下，不能眼睁睁看着楚国一步步抢先。于是，晋文公的舅舅狐偃便想出了一个一石二鸟的办法：柿子先挑软的捏。曹、卫两国刚投靠楚国，不如先打这两个小国，楚国一定救援，如此一来，他们也就顾不了宋国这边了。且自古以来打仗讲究师出有名，曹、卫两国都曾对晋文公不敬，攻打他们也说得过去。

大家都觉得狐偃的这个办法好极了，既救了宋，又报了仇，还不用与楚国直接兵戎相见。为了有更大的胜算，晋国还让宋国同时请齐、秦两个大国出面与楚国交涉，双管齐下，给楚国施压。

可是，事情的进展并不像计划中那般顺利。在晋国的攻击之下，曹、卫确实向楚国求援了，但楚国只派了少量军队支援这两个小国，仍然没有放弃对宋国的围攻。

曹、卫两国都被晋国攻下，眼看着晋、楚两军已经近在咫尺，就要兵戎相见了。重耳算是重情义的人，想到楚成王曾经收留过自己，现在以怨报德，实在不仁。可宋国也曾招待过自己，并且宋国的请援已经应下，现在出尔反尔，又是不义。如若日后再留下个惧楚的名声，更是颜面尽失。进也不是，退也不是，晋文公急得一筹莫展，茶饭不思。

还好大夫先轸想出了一个办法，既然晋国实在不好出面，不如让齐、秦两国去与楚国交涉，通过施压让楚国退兵。同时可将从曹、卫取得的土地分一些赠予宋国，以弥补其损失。这样一来，算是对宋国有了交代，楚国那边也不用再去得罪。

由于晋、楚两个大国之间此前从未发生过战争，楚成王见晋军已到，本就不想与晋开战，加上齐、秦两国的援军也到了，于是决意撤军。但是楚国大将子玉却认为，好不容易走到这一步，已然是箭在弦上，就此收手实在不甘心。楚成王也拗不过他，权衡之下便给他留了少量的军队。就这样，在好战的子玉的坚持下，晋、楚两国之间的这场大战终究还是没能避免。

退避三舍的决战

面对人多势众的晋军,子玉思前想后,也没有必胜的把握,便派使者开出条件:如果晋国能放了曹、卫两国的国君,并归还已抢占的土地,楚军就撤兵。可是晋国本已在曹、卫那里打了胜仗,要把收为己有的东西再拿出来实在为难。况且楚国打宋国胜负尚无定论,这个条件横竖都是晋国吃亏,狐偃认为实在不能同意。

大夫先轸(zhěn)想得更深一些,认为楚国这个条件开得太妙了,不费一兵一卒便可让曹、卫、宋三国都得到好处,曹、卫弥补了损失,宋国也能免于灭国,楚国一下便做了三国的人情。只有晋国白忙一场,在曹、卫那里耗费的人力物力都是竹篮打水一场空。这样亏本的买卖,晋国当然不能接受。于是先轸建议把楚国的使者抓起来,然后私下许诺曹、卫的国君,只要他们答应和楚国断绝来往,就同意他们复国。这样一来,虽然做的事是一样的,人情却不再是楚国的,而是晋国自己的了。晋文公深以为然,便同意了。

子玉见自己派出的使臣被晋国扣留,曹、卫两国紧接着就派人前来绝交,知道是晋国人在背后捣鬼,一气之下立刻命令部队进攻晋军。

面对来势汹汹的楚军,晋文公不仅不抵抗,反而命令晋军后退。对此,一些将领很是不满。狐偃耐心地向大家解释说:"出兵打仗要有正当的理由,士气才会旺盛,否则士气就会衰弱。我们的国君之前受过楚君的恩惠,许诺说要退却三舍以避之。如果忘恩失信,就是我们理亏,敌军的士气就会高涨。但如果我们退了之后他们仍不撤军,那就是敌人理亏了。"于是晋军遵守"退避三舍"的约定,连退九十里,一直退到城濮,以待楚军。

楚军见状也毫不退让,一路追上前去,双方就这样兵戎相见了。除晋、楚两国外,其他一些诸侯国也加入了这场战争。晋国一方除晋军外,还有与晋国交好的齐国、秦国以及宋国的军队。楚国一方除楚军外,还有郑、许、陈、蔡四国的军队。数量上虽然是四国对五国,但由于晋国一方的晋、齐、秦都是大国,而楚国一方除自身之外都是小国,所以在战斗力上楚国并不占优势。

在战术上,晋军一方也是颇为巧妙。晋军用虎皮蒙在马身上,首先冲击了楚军右翼的陈蔡联军,联军见状惊骇逃散，几乎不战而败。子玉见右军溃败，气急败坏地指挥楚军对晋军发起猛攻。晋军顺势在战车上绑上树枝向后奔驰，一时间尘土飞扬，场面大乱。楚军以为晋军惧战逃亡，便鼓起士气全力追击。没想到被伪装的晋军带入了埋伏圈，最后惨败退场，晋军大获全胜。

经此一战，楚国北上争霸的梦想受到重创，大将子玉也羞愤自杀，晋国则一战成名。不久之后，晋军进入郑国并在践土（今河南原阳西）修筑周王行宫，向周襄王献俘。中原诸侯无不参加，周襄王也派人对晋文公加以赏赐，史称"践土会盟"。就这样，晋文公在"尊王"的旗帜下，顺理成章地登上了霸主的宝座。

千古功过孔子说

对于春秋时期的霸主，孔子曾评价道："晋文公狡猾诡诈而不正直，齐桓公做事正派而不诡诈。"

齐桓公是春秋首霸，当时戎狄入侵，卫国灭亡，齐桓公出兵打退异族入侵，还帮助邢国迁居、卫国复国，使华夏文化得以保存。在争霸的过程中，齐桓公不仅"攘夷"，而且"尊王"，在名义上维护了周王室的尊严。当周王派人给予赏赐时,齐桓公又表现得极为谦卑。所以孔子认为,齐桓公的所作所为合乎道义。

晋文公虽然也是霸主,称霸之路却显然没有齐桓公那么磊落。当时齐国衰落,楚国北进,能与其抗衡的只有晋国。但是晋文公一开始瞻前顾后、缩手缩脚,并没有"攘夷"的担当。后面与楚国开战,也是通过打击楚国盟友的手段来实现目的,处处都在使用阴谋诡计。战胜楚国之后,晋文公洋洋自得,与诸侯会盟竟然以臣召君,欺凌天下共主,毫无"尊王"的礼仪。与齐桓公相比,可谓相差甚远。

齐桓公当了霸主后,曾九次会盟诸侯,凡事"义"字当先,只要事情合乎道义便出兵相助。而晋文公则以"利"字当先,权衡利益之后才会出兵,事后还要向各诸侯国征纳一定的钱粮。此后晋国的历代国君也没有一个像齐桓公那样诚心实意地"尊王攘夷",更多的是以此为口号来增大自己的声誉。这大概就是孔子批评晋文公,说他"狡猾诡诈而不正直"的原因。

但从另一个角度来看,晋文公在城濮之役中成功遏制了楚国,使其不得向北发展,中原诸国因此获得了休整和发展的机会,这是晋国的一大历史贡献。

读史点评

晋国历代君臣励精图治，为晋国的崛起奠定了雄厚的基础。晋献公及其之前的几代国君，热衷于通过吞并周边国家来扩大势力，而到晋文公重耳在位时，才真正开拓了晋国的霸业。此后，晋国只需凭借霸主的地位，就可以获得源源不断的财物与资源。可以说，晋文公为晋国开创了一条顺畅通达的强国之路。

而这一切，都和重耳做公子时流亡的见闻有密切关系。在长达十九年的流亡生涯中，重耳北到狄，东到齐，南到楚，西到秦，足迹之广甚至超过了周游列国的孔子。他不仅在齐、秦、楚等大国都居住过，见识到了当时最先进的各种政治制度，还曾与齐桓公、楚成王、秦穆公多次会面，与这些君主有过难得的交流机会。放眼当时，没有任何一个国君有过这样丰富的见闻和经历。正是因为有了足够多的经验见闻作参考，所以晋文公为晋国量身定制的称霸之路，才能长期保持稳定和高效。

思考题

齐桓公、宋襄公、晋文公、秦穆公和楚庄王这"春秋五霸",在称雄称霸的道路上各有千秋,你最欣赏其中的哪一位?说说理由。

第三章

列国争强

1. 秦国崛起之路

善于养马的民族

就在晋国称霸中原的时候,它的老邻居秦国的实力也在蒸蒸日上。不过,和晋国不同,秦国的称霸道路真可谓一波三折。

相传秦人的祖先是三皇五帝中颛顼(zhuān xū)的后代,也算是出身显贵。其中有一个叫大费的,曾因辅佐大禹治水、替舜帝驯养禽兽立下了很大功劳,被赐予嬴姓。大费的后代不仅善于驯养禽兽,还善于驾驶马车,终于有一天,这门祖传手艺派上了大用场。

西周时期,大费的后代中有一个叫非子的,非常善于养马,周孝王便把王室的马交给他管理,马匹果然长得高大健壮。周孝王很高兴,便赏赐给非子一块叫"秦"的地方作为封邑,让他接管嬴姓的祭祀。从此,秦人终于有了自己的封地，号称"秦嬴"。

可守住这块封地并不容易，西周晚期西戎叛乱，抢占了嬴姓的土地。当时秦人的首领秦仲与五个儿子废寝忘食，齐心协力，经过长达几十年的努力，终于赶走了西戎，守住了自己的土地。后来又经过几代人的努力，西戎的威胁仍然没有彻底解除，始终是秦的心腹大患。

周平王迁都洛邑时，秦襄公抓住时机，亲自带兵一路护送。周平王感动之余，封秦襄公为诸侯，赐给他岐山以西的土地，并立下誓言："若秦人能赶走西戎，则所得的西戎土地皆归秦国所有。"此话一出，秦人赶走西戎的动力大大增强。可无奈西戎势力太过强大，秦国迟迟没能实现愿望。直到秦穆公时，胜利的天平才终于开始向秦国倾斜。

五张羊皮换来的人才

秦穆公是一位非常有进取心的君主。为了使秦国尽快强大起来，他积极向东方各国学习先进的文化，主动与东面的晋国交好，并派人向晋国求婚，于是晋献公便将身份尊贵的长公主伯姬嫁给了秦穆公。

在晋国的陪嫁队伍中,有个七十多岁的奴隶,名叫百里奚。这个人自幼好学,身负奇才,曾先后到齐国、周朝和虞国求官,但都没有受到重用,最后甚至沦为奴隶。百里奚心有不甘,在陪嫁的路上悄悄逃走了。结果很不幸,他刚跑到楚国边境,就被当地的官吏抓住了。

爱才如命的秦穆公早就听说了百里奚的才华,得知此事后,本想用重金将他赎回,又担心高价赎回一个不起眼的奴隶会引起楚王的疑心。一旦楚王知道百里奚的贤能并重用他,对秦国来说将会是极大的损失。于是秦穆公想了一个办法,他派人对楚王说:"我们秦国的陪嫁奴隶私自逃到楚国,秦王得知后非常生气,请允许我们用五张黑色公羊皮把这个奴隶赎回去,加以惩罚,以儆效尤。"

楚王并不知道百里奚的才华,见秦国人说得合情合理,也不想因为一个奴隶得罪秦国,便答应了。百里奚到了秦国后,本以为会受到重罚,没想到秦穆公竟然亲自到都城外为他接风洗尘,并询问治国之道。百里奚大为感动,与秦穆公论政数日,两个人越谈越投机。

秦穆公觉得这五张羊皮花得太值了,更是将许多重要的国政都交给百里奚处理,并赐名"五羖(gǔ)大夫","羖"就是黑公羊的意思。后来,百里奚又向秦穆公推荐了蹇叔、孟明视、西乞术、白乙丙等谋臣武将。在他们的辅佐下，秦国日益强大，逐渐积累了吞并西戎各部落的实力。

秦穆公富国强兵

秦国逐渐强大之后，秦穆公更是不拘一格四处网罗人才，各国的人才源源不断地流向秦国。西戎的国君对此很是担心，于是派使臣到秦国一探虚实。这项任务落到了一个名叫由余的谋臣身上。

由余的祖先是晋国人，后来避祸逃到西戎，会说一些秦晋方言。秦穆公听说由余来了，热情接待他，并向他展示了巍峨华丽的宫殿和价值连城的珠宝，以显示秦国的富有。

由余看了之后没有称赞，反而说："这样巍峨华丽的宫殿，要是叫鬼来建造，鬼可能都会被累死，如果这是秦国百姓修建的，那百姓可真是受苦了。"秦穆公一听，立刻明白由余是个不简单的人物，这样的人才留在西戎对秦国可是十分不利。于是他找大臣来商议，想办法留住由余。

最后，大臣们想出了一个办法。首先要延缓由余回国的日期，因为一旦他回去晚了，戎王就会怀疑他，君臣之间就会产生隔阂。然后给西戎送去一批美女，消磨戎王的意志。

戎王有了美女之后，果然整天沉迷声色、懈怠国政，就连国内的牲畜死了一半也不在意。等到由余回国后，戎王再也听不进任何规劝，受到冷落的由余明白西戎大势已去，决定投奔秦国。

秦穆公得到由余可谓如鱼得水，用最高规格的礼遇来对待他，由余也知恩图报，向秦穆公献上攻打西戎的办法。就这样，秦穆公一举吞并西戎的十二个小国，彻底消除了西戎这一威胁。秦国的大胜令天下震动，就连周天子都派人来犒劳秦军。秦国在秦穆公的治理下不断扩大版图，终于有了与中原诸国一争高下的实力。

2. 楚庄王问鼎中原

熊掌难熟

论春秋时期各诸侯国的军事实力，楚国绝对算是个强国。楚国的疆域面积远远超过其他任何一个诸侯国，人口也是最多的，而且民风彪悍、兵强马壮。然而，楚王并不能就此高枕无忧。纵观楚国的历史，楚王真算得上一个高危职业。这是因为楚国内部的派系太多，宗族势力也特别强大。

楚成王是杀了自己的亲哥哥才当上楚王的，但即便是如此勇武的他，在城濮之战中也无法阻止子玉、子西对晋国开战。因为子玉、子西都来自楚国的第一大家族——若敖氏。

若从楚成王算起，楚成王的祖父是楚武王，楚武王的祖父便是若敖氏的始祖——国君若敖。若敖子嗣众多，贤能辈出，如历史上有名的斗伯比、斗祁、斗谷於菟等。楚成王刚即位的时候，整个楚国内几乎没有任何力量能和若敖氏抗衡。若敖氏把持着楚国的军政大权，令尹、司马等高官都从若敖氏的子弟中选拔，这已成为楚国政坛不成文的规定。

楚成王想立王子商臣为太子，征询若敖氏的意见。若敖氏认为商臣面相不好，建议改立王子职为太子。后来商臣虽然得立太子，但知道此事后仍不免厌恶若敖氏。楚成王到了晚年，渐渐不喜欢商臣，萌发了改立王子职为太子的念头。商臣得知后十分惊慌，便去向自己的老师潘崇求助。

潘崇问："你愿意被废后侍奉王子职吗？"商臣回答："不愿意。"潘崇又问："你愿意出逃国外吗？"商臣再次拒绝。潘崇又提出第三个问题："你愿意举兵造反吗？"这一次商臣回答："愿意。"于是，两个人带兵包围了王宫。

当时楚成王正在煮熊掌，见此情景便哀求道："能否等熊掌煮熟了，让我吃顿饱饭再死？"商臣有些不忍，准备答应。但潘崇厉声说道："熊掌难熟，大王想故意拖延时间吗？"他解下商臣腰上的束带扔到楚成王脚边，楚成王只好含泪自缢。从此，世上便多了一个"熊掌难熟"的典故。

三年不鸣的鸟

商臣即位后，史称"楚穆王"。楚穆王在位十几年后去世，传位给楚庄王。楚庄王刚即位没多久，就遇到一起政变。若敖氏的斗克在国都挟持了楚庄王，好在令尹子孔及时发现，才把楚庄王救了出来，政变最后以失败告终。

为什么楚庄王一即位就会发生政变呢？这不光是因为楚庄王年轻、资历浅，最主要的原因还是若敖氏位高权重，加上楚穆王是弑父得位，若敖氏因此对穆王、庄王父子持敌对态度。楚庄王对此心知肚明，如鲠在喉，却又无可奈何。

楚庄王被救出后，大臣们都满怀期待，希望这位新国君能有一番作为。但是三年过去了，楚庄王白天打猎游玩，晚上喝酒听音乐，国家大事全都不放在心上。他也知道大臣们对自己的作为很不满意，还特意下了一道命令：谁要是敢劝谏，就判谁的死罪。

大臣伍举实在看不下去了，就去拜见楚庄王。楚庄王正在寻欢作乐，问他来干什么。伍举说："有人出了个谜，我猜不着。都说大王是个聪明人，想请大王帮忙猜猜。"楚庄王一听立刻来了兴趣，就笑着问是什么谜。

伍举说："在楚国的山上有一只大鸟，身披五彩羽衣，样子又漂亮又神气。可是这只鸟站在那里三年，不飞也不叫，您说这是什么鸟？"楚庄王心里明白他说的是自己，便说："我告诉你，这可不是普通的鸟。这种鸟不飞则已，一飞将要冲天；不鸣则已，一鸣将要惊人。退下吧，你说的我都已经明白了。"

"不鸣则已，一鸣惊人"的楚庄王

没过多久，楚国出现饥荒，周围的庸国趁势起兵，连弱小的麇（jūn）国也跃跃欲试。这时，不少大臣都主张迁都阪高，但老臣蒍（wěi）贾反对说："我们若迁都，敌人也能一路追击，不如直接和庸人作战。而麇人之所以敢侵犯我边境，是认为我国发生饥荒而无力出兵，只要我们出兵，他们必然望风而逃。"

楚庄王同意了蒍贾的意见，联合秦、巴两国灭亡并瓜分了庸国，在庸国故地设置了上庸县。其余诸国见状，也都再次臣服于楚国。经此一劫，大臣们都看到了楚庄王的潜力。

北上的野心

凭借灭亡庸国等几场战争的胜利，楚庄王顺势改革政治，裁撤阿谀奉承的人，重用真正有才华的人。这引起了若敖氏的强烈不满。此时若敖氏的族长是斗越椒，据说他刚出生的时候，当时的族长就对他的父亲说："赶紧把这个孩子杀了吧。这孩子长得像老虎，声音像豺狼，以后要是掌权的话，我们若敖氏都要跟着灭亡啊！"

这种耸人听闻的话，斗越椒的父亲当然不会信。长大后的斗越椒心狠手辣,他成为令尹之后,就立刻杀害了老臣蒍贾。斗越椒担心楚庄王因此责难自己,索性率先发动叛乱,结果失败,若敖氏随之被灭族。只有一个叫斗克黄的人,因为禀性纯良,被楚庄王留了下来。至此,楚国的第一大家族若敖氏烟消云散,楚庄王终于可以心无旁骛地北上争霸了。

公元前597年,楚庄王率领大军攻打郑国,晋国派兵救援郑国。晋楚两军在邲(bì)这个地方相遇。楚庄王担心重蹈城濮之战的覆辙,本打算撤军。当时晋国的将军们非常骄傲,不断挑衅楚国军队,楚军探明晋军的虚实后,看准晋军懈怠的时机,果断出击。晋军被打得大败,逃到黄河边,发现船只很少,于是士兵们争着渡河,很多人都被挤到河里淹死了。不过即使在逃跑途中,晋军也还不忘回头嘲讽楚军以前总是打败仗:"我们不如你们楚国人擅长逃跑哇!"

有人劝楚庄王乘胜追击,把晋军赶尽杀绝。楚庄王说:"楚国自从城濮战败以来,一直抬不起头。这次打了这么大的胜仗,洗刷了旧耻就可以了,何必还要杀那么多人呢?"便下令收兵。其实,楚庄王这也是遵循春秋时作战的军礼,对于溃逃的敌军不能穷追和彻底歼灭。

为了显示楚国的兵威,楚庄王在洛邑的郊外举行了一次大阅兵。周天子也被惊动,派大臣王孙满去慰劳楚军。和王孙满交谈时,楚庄王问起周王宫里藏着的九鼎大小轻重如何。九鼎是象征周王室权威的礼器,楚庄王问起九鼎,表示他有了夺取天下的野心。

王孙满听出了楚王的弦外之音,告诫他:"一个国家的强盛要靠君主的德行,如果这一点都没有意识到,也不必去打听九鼎的轻重了。"楚庄王知道自己还没有取代周朝的实力,就带兵回国了。而他创造的饮马黄河、问鼎中原的局面,则成了春秋时期楚国势力北上称霸的顶峰。

3. 走向强盛的吴国

兄弟传位的隐患

眼看着楚国日益强大,晋国君臣想出了一个办法,试图遏制其发展,那就是扶持楚国的近邻吴国,利用吴国来对付楚国。

吴国位于长江下游，此时在位的是吴王寿梦，他的四个儿子都很能干，其中小儿子季札最受宠爱。寿梦去世前想把王位传给季札，但季札坚决不肯接受，甚至为此抛弃家室，躲入深山。于是，长子诸樊继承了王位。诸樊是有名的孝子，即位之初便立下遗嘱，将来要把王位传给二弟余祭，然后再传给三弟。他想通过兄弟依次传位的办法，最终将王位交给四弟季札，完成父亲的遗愿。

诸樊死后，余祭即位，余祭死后，夷昧即位，两个人在去世前都遵照大哥诸樊的遗愿，王位终于传到了季札手里。但是季札根本就不想做吴王，夷昧死后他再次逃跑，谁都找不到他。吴国人没有办法，只好拥立夷昧的儿子公子僚做吴王，也就是吴王僚。

吴王僚即位后，将军队的指挥权交给了诸樊的儿子公子光。在公子光看来，王位原本是唾手可得的，如今却因为父亲的一片孝心而失之交臂，他很不甘心。而且按照兄终弟及的办法，老三夷昧去世后，既然老四不在，王位就应该从老大的儿子重新传起才对，现在竟然被老三的儿子霸占了。想到这里，公子光心里更加愤愤不平。

吴王僚也意识到了这一点，于是派公子光带领军队去打仗，希望他战死疆场或者被敌人打败，这样就能找理由来责罚他，解除威胁。然而，公子光在军事上颇有才华，不仅多次以少胜多打败楚国，而且借势北伐，攻占了许多城池，为吴国立下赫赫战功。

就这样，公子光与吴王僚这对堂兄弟表面上相亲相爱，私下却相互防备，维持着一种相对的和平，直到一个叫伍子胥的人出现。

伍子胥与刺客专诸

伍子胥是楚国大臣伍奢的小儿子，楚平王听信奸臣费无极的谗言，将伍奢囚禁起来。费无极担心伍奢的两个儿子伍尚、伍子胥为父报仇，便建议楚平王派人把兄弟俩召来。伍子胥知道这是陷阱，劝哥哥不要去，但伍尚说："我知道这是陷阱，但我愿安心就死。你逃吧，将来要为父亲报仇。"伍尚到了楚国都城，与父亲伍奢皆被楚平王处死。

伍子胥一路逃到吴国，投奔了公子光，公子光将他推荐给吴王僚。伍子胥是难得的将才，很快便得到了吴王僚的赏识。伍子胥为报父亲和兄长的血海深仇，多次劝说吴王僚出兵伐楚。但公子光每次都出面阻止，结果伐楚之事遥遥无期。

聪明的伍子胥琢磨一番后，终于明白了公子光的用意。如果伐楚，吴王僚必定让公子光做统帅，但目前吴国的实力不如楚国，一旦失败，公子光就会因战败的罪名而有杀身之祸。伍子胥看出了公子光的无奈，更看到了报仇的希望。如果自己能助公子光夺得吴王之位，到时候一定能成为吴军统帅，报仇一事也指日可待。

于是，伍子胥将刺客专诸推荐给公子光。公子光大喜，厚待伍子胥，训练专诸，等待时机谋夺王位。吴王僚在位的第十二年，楚平王驾崩，吴王僚决定趁机偷袭楚国。他志在必得，便派自己的两个亲弟弟做吴军统帅，想要通过这次胜利来降低公子光的威望。不料楚国人早有防备，吴军偷袭没有成功，反而陷入了楚军的重重包围。

公子光意识到，这正是夺取王位的大好时机，于是主动请缨，表示愿意带兵去解救被围的吴军。吴王僚同意了，设宴为公子光饯行。宴会地点定在公子光的府邸，因为公子光说自己新得了一位厨师，能做一手好鱼，而吴王僚最爱吃鱼，正好借机请吴王品尝。

虽然这只是普通的家宴，吴王僚还是穿了好几层铠甲，安排自己带来的战士从大门口站到宴会厅。酒酣耳热之际，公子光借口脚病复发去换药，离席躲进了密室之中。这时，假扮成厨师的刺客专诸借口为吴王展示烤鱼的吃法，走到吴王面前，突然从鱼肚子中抽出了事先准备好的鱼肠剑，向吴王僚刺去。

吴王僚当场毙命，而专诸也被吴王僚的卫士乱刀砍死。这时，公子光命令埋伏在外的武士，把吴王僚带来的卫士全部消灭。吴王僚既然已死，公子光便自立为国君，他就是历史上著名的吴王阖闾。

孙武的练兵之法

吴王阖闾即位后，对于伐楚能否成功仍然有疑虑。于是，伍子胥又向他推荐了善于用兵的孙武。孙武见到吴王之后，就将自己所著的兵法向吴王娓娓道来。吴王听了之后问："先生能不能将您的兵法演习一下呢？"孙武很干脆地答应了。

为了考验孙武，吴王派了一百八十名宫女让他操练。孙武不慌不忙地将宫女分成两队，并挑了吴王最宠爱的两个妃子当队长。公布了操练口令和处罚方式后，他便开始进行训练。

孙武发布口令："听到鼓声后向右走！"可宫女们嘻嘻哈哈，完全不听指挥。孙武并不生气，转身对执法官说："军令没有申明清楚，是统帅的责任，所以需要重新申明。"于是大声将军令又讲了一遍。然后他重新发布口令："听到鼓声后向左走！"结果鼓声响起之后，场面更加混乱，宫女们一个个笑得前仰后合。

孙武便令鼓声停止，转身对执法官说，"军令已经申明，但士兵没有执行，便是将领的责任。如果将领不执行命令，该当何罪？"执法官直接吐出一个字："斩！"

孙武立即命人把两名队长拖出去斩了，吴王见状慌了，赶紧上来劝阻："千万别斩，先生的兵法寡人已经领教了。"孙武斩钉截铁地说："将在外，君命有所不受。"手一挥，两位美人的头颅便落了地。吴王心痛不已，可又无话可说。

血淋淋的场面令宫女们战栗不止。孙武再一次申明军令，并说："军令已经申明，如果士兵还没有执行，便是士兵的责任了。"结果当鼓声再一次响起时，宫女们的队形整齐得出奇，行走转身都合乎规定。孙武报告吴王，兵已练成，无论刀山火海她们都会义无反顾。

　　吴王心里仍然对两位宠姬的死有些惋惜。伍子胥见状对吴王说："失去两个柔弱的美人，却得到了一位可以争霸天下的将军，孰重孰轻呢？"吴王听此一言，立刻醒悟过来，封孙武为将军，将吴军都交给孙武训练。在伍子胥、孙武等人的辅助下，吴国逐渐强大起来。吴王阖闾即位的第九年，亲率三万吴军大胜二十万楚军，攻入楚国国都，名显诸侯，正式成为又一名春秋霸主。

4. 忍到极致的越王勾践

吴越争霸的开端

　　就在吴国大举进攻楚国的时候，吴国都城姑苏却遭到偷袭，阖闾只好撤兵。偷袭者是吴国南边的越国。

　　相传大禹治水成功后，曾在会稽山大会天下诸侯，为了纪念这件事，夏王少康便把自己的儿子无余封在会稽（今浙江绍兴）负责祭祀，这就是越国的由来。

　　越国建立后，一直保持着比较落后的生活习俗，很少与中原地区发生联系。直到春秋时期晋楚两国争霸，晋国扶持吴国来袭扰楚国，楚国也照葫芦画瓢，扶持越国来袭扰吴国。楚国对症下药，教给越国许多专门对付吴国的办法。所以，越国偷袭吴国时可谓又准又狠，令吴王狼狈不堪。

公元前496年，越王允常去世，儿子勾践即位。吴王阖闾对允常偷袭自己一事怀恨在心，便趁越国举办葬礼时出兵偷袭。双方军队在槜（zuì）李相遇。越国的军事装备远远比不上吴国，偷袭还有胜算，打硬仗则肯定会输。于是勾践想出了一个办法。他把死囚编成三排敢死队，不过这些敢死队并不是去冲锋陷阵的。

随着勾践的一声令下，第一排死囚喊着口号拔剑自刎，然后是第二排、第三排，死囚都用同样的方式自刎。吴国人看得目瞪口呆，阖闾打过很多仗，但是两军交战前敌军白白送死的还是第一次见。趁着吴军惊魂未定，越国大将灵姑浮突然冲向阖闾，砍断了阖闾的脚趾，把吴军打得大败。阖闾在撤退的路上因脚趾发炎而死，死前传位给儿子夫差，并留下遗言："一定不要忘了找越国复仇！"

夫差的复仇

夫差做了吴王以后,为报杀父之仇日夜练兵。为了防止自己懈怠,他让人每天早晨和傍晚站在宫门口,看到他出入大门时就冲他喊:"夫差!你忘记杀父之仇了吗?"夫差每次听到这句话,眼睛里都会冒出仇恨的火苗,之后便更加勤奋地练兵。

勾践听说夫差为了复仇积极练兵,就想抢占先机消灭吴国。他本以为杀掉夫差会像打败阖闾一样轻松,没想到刚越过国界就中了吴国的圈套,大将灵姑浮战死,越军大败。勾践本人被吴军追得到处躲藏,最后只好贿赂吴王的宠臣伯嚭(pǐ)以求和。

伯嚭向吴王夫差分析形势说:"现在越国大败,如果继续进攻,必然逼得勾践下决心与吴国拼死一战。到时越国上下同心,同仇敌忾,我们很难从中取利。不如同意勾践投降,让越国的君臣到吴国来做奴仆,如此不费一兵一卒,越国便成了吴国的附庸,大仇可报。"

吴王夫差认为此言有理,接受了越国的求和。伍子胥告诫夫差:"如今天赐良机,若不趁机灭掉越国,以后必将追悔莫及!"然而,夫差并不想和越国拼得鱼死网破,于是赦免了勾践,并从越国撤军。

卧薪尝胆

勾践夫妇到了吴国后,住在阖闾墓旁的一间石屋里,做着奴仆的工作。夫差每次坐车出去,勾践都会主动把马牵来,跪在地上让夫差踩着自己的背上车。就这样过了三年,夫差逐渐放下了戒备之心。只有伍子胥知道,这都是勾践的苦肉计,于是劝说夫差杀掉勾践,夫差却总是不同意。

有一次,夫差得了场怪病,许久都找不到病因,病情逐渐恶化。勾践的大臣范蠡(lí)便出主意,让勾践去尝夫差的粪便,这样大夫就能根据粪便来诊断夫差的病情了。勾践真的照做了,夫差非常感动,病好之后就把勾践等人放回了越国。

勾践回国后,在屋里挂了一只苦胆,每顿饭前都要尝尝苦味,提醒自己时刻不能忘记在吴国遭受的耻辱。他只穿粗布衣,只吃粗粮饭,跟老百姓一起耕田种地。勾践的夫人也带领妇女养蚕织布,发展生产。同时,勾践采纳大臣的建议,贿赂吴王身边的奸臣,收购吴国的粮食,使吴国粮库空虚。又免费送给吴国上好的木料,使吴国耗费人力物力来兴建宫殿。他还用美人计消磨夫差的意志,使其不问政事。最后,吴国君臣离心离德,夫差甚至听信伯嚭的谗言,命伍子胥自尽。伍子胥愤恨自杀,死前留下遗言:"我死后请把我的眼睛挖出来挂在城门上,我要亲眼看着越国军队灭掉吴国!"夫差听了大怒,下令把伍子胥的尸首扔进钱塘江。

就在吴王自断臂膀的同时,越国日益国富民强,逐渐具备了伐吴复仇的能力。公元前482年,在勾践的怂恿下,吴王夫差率领精兵北上黄池与中原诸侯会盟,仅留下老弱病残与太子看守都城。勾践待夫差大军走远后,立刻派遣数万精兵偷袭吴国,并杀死了吴太子。

夫差紧急回国,但为时已晚,吴国无力对抗越军,只得与越国求和,吴国自此一蹶不振。几年后,越军再次围困吴国。不久吴都被攻破,吴国灭亡。吴王夫差悔恨至极,羞于在阴间见到伍子胥,用白布蒙住双眼后拔剑自尽。勾践趁机吞并了吴国的土地,威震诸侯。

勾践趁势率领士气正旺的军队北上,与齐、晋两国国君在徐州会盟,并向周天子进贡。越国的地位得到齐、晋等大国的承认,勾践本人也被周天子赐予了更高的爵位。此后数年间,勾践又继续带兵东征西讨,凭借强大的军事实力,终于成为春秋时期最后一位霸主。

读史点评

从秦穆公到越王勾践，秦、楚、吴、越四个国家在诸侯混战中先后脱颖而出。但是，从各国称霸的历程中不难发现，时间越往后，仁义道德在各国君主眼里越一文不值，军事实力成了衡量霸主能力的唯一标准。

与此同时也应当看到，君主的个人能力和军事实力固然重要，但一个国家能否长期称霸，最终决定因素还是它的综合实力，这不仅需要军事上的强大，还需要经济上的富裕、文化上的繁荣，以及数代君臣的勠力同心。以此衡量，便不难理解为何秦、楚等国能长盛不衰，甚至到了战国时期依然力量强大，而吴、越两国只能是昙花一现，很快便消失在历史的长河之中了。

思考题

孙武为什么能把毫无经验的宫女改造为训练有素的士兵?谈谈你的看法。

第四章

从春秋到战国

1. 被三个臣子瓜分的晋国

三军的由来

经过春秋时期的长期战争，许多小的诸侯国被大国吞并。而到了春秋后期，曾经称霸中原的强国晋国，大权逐步被少数贵族掌握，国君的权力渐渐旁落，最后竟落到了被三家臣子瓜分的地步。这其中的缘由，还要追溯到晋文公争霸时期。

当初晋文公即位后，出于争霸的需要，也为了犒劳跟随自己一起流亡的大臣们，建立了"三军六卿"制度。

按照周礼的规定，天子可以有三军，诸侯只能有一军。由于楚国大举北上，中原不少国家都倒向楚国，中原的形势十分危急。为了抵御楚国的攻势，晋文公便在晋国开启了扩军计划，突破一军的限制，设立了三军。三军按照重要程度依次为中军、上军和下军，每军设将、佐各一人，这六名将佐就称为"六卿"。六卿的职位被晋国的一些显贵家族垄断，如智氏、范氏、中行氏、韩氏、赵氏、魏氏等。他们按照"长逝次补"的顺序轮流执政。晋国的军政大权就这样落到了六卿家族手中。

到了春秋后期，各家族之间经过数轮火拼，只剩下智、韩、赵、魏四大家族。他们各有各的军队和地盘，其中又以智氏的势力最大。

智氏的覆亡

公元前456年，掌握晋国大权的执政大臣智伯瑶想侵占其他三家的土地，便对三家的家主赵襄子、魏桓子、韩康子说："晋国本来是中原霸主，后来被吴、越夺去了霸主地位。为了使晋国强大起来，我主张每家都拿出一百里土地和户口交给国君。"

三家的家主都知道智伯瑶这是想以国君的名义来胁迫自己交出土地，居心叵测。但是韩、魏两家不敢得罪智氏，不得不乖乖交出土地。可赵氏却没那么好说话，赵襄子对智氏说："土地是祖先留下来的产业，说什么也不能送人。"

智伯瑶气得火冒三丈，鼓动韩、魏两家跟随自己一起发兵攻打赵氏。赵襄子自知寡不敌众，就逃到了晋阳（今山西太原）。没多久，智伯瑶便带着军队追到了晋阳。晋阳是赵氏经营多年的封地，城高池深，粮食充足，易守难攻。赵襄子命令士兵只许守城，不许交战。智伯瑶带兵围攻晋阳，两年多也没有打下来，眼看就要无计可施了。

　　一天，智伯瑶在山上察看地形，看到晋阳城旁边有条河，忽然想出了一个主意：在河流上筑坝，等坝上的水满了再挖开个豁口，让大水冲垮晋阳城，不就能够坐享其成了吗？

　　智伯瑶马上派人筑起了水坝，当时正值雨季，水坝里很快就积满了水。智伯瑶带着韩康子、魏桓子一起察看水势，他指着晋阳城得意地说："你们看，晋阳就快完了。我现在才知道，靠河水也能灭掉一个国家呢。"说者无心，听者有意。韩康子和魏桓子表面上连声称是，心里却开始打鼓：韩、魏两家的封邑旁也都有河流，智伯瑶今天能用此计淹没晋阳，说不定哪天也会用同样的办法消灭自己。

　　果不其然，晋阳很快就被大水淹了，城里人人自危。

赵襄子非常着急，派人偷偷出城，向韩康子和魏桓子求助。赵襄子动之以情、晓之以理，指出三家与其坐等被智氏逐个击破，不如联合起来对付智伯瑶。韩、魏两家已经看到了赵氏的下场，对这番话深以为然，便答应了下来。

第二天夜里，智伯瑶正在军营里睡觉，突然听到到处都是喊杀声。他连忙爬起来，却发现衣裳和被子全湿了，不一会儿，整个军营就全泡在了水里。没等智伯瑶明白这是怎么回事，赵、韩、魏三家的士兵就杀了进来。原来，韩、魏两家改变了大坝决口的方向，把水放到了智氏的军营里。智伯瑶兵败身亡，赵襄子恨透了他，将其头颅雕刻上漆，用来作为饮酒的容器。为了免除后患，韩、赵、魏三家联手将智氏家族两百余人满门抄斩。

三家分晋

智氏灭亡后，赵、韩、魏三家顺势平分了智氏的土地。从此，晋国再也没有哪个家族的权势能与这三家相比了。可他们并未因此满足，不久又把晋国剩下的土地也瓜分了，只留下绛（今山西绛县）和曲沃两个地方，让晋侯用来祭祀祖先。至此，三家中每一家的土地和人口规模都超过了一个中等诸侯国。

公元前403年，韩、赵、魏三家派使者到洛邑朝见周威烈王，要求周天子封他们为诸侯。周威烈王不敢得罪三家，便做了顺水人情，把三家正式封为诸侯。从此以后，韩、赵、魏都成了独立的大国，晋国名存实亡，史称"三家分晋"。

在历史上，"三家分晋"被视为春秋、战国之间的分水岭。司马光的编年体通史《资治通鉴》从战国开始写起，开篇便是"三家分晋"，以此作为战国时期的开端。三家分晋之后，战国七雄争夺天下的格局由此形成。从此，中国历史由春秋时期过渡到了战国时期。

顾名思义，"战国"就是列国争相混战的时代。与春秋时期相比，战国时期的战争已有了本质不同。周天子连名义上的天下共主地位也丧失了，各国之间的战争不再只是为了争当霸主，而变成真正你死我活的兼并战争。为了在兼并中取胜，各国纷纷变法自强，历史发展的趋势将是天下的重新统一。

2. 强大的秦国从何而来

秦孝公的求贤令

三家分晋以后，变法便成了当时最重要的潮流，魏国有李悝（kuī）变法，楚国有吴起变法，韩国有申不害变法，赵国有胡服骑射。虽然各国变法的举措有所差异，但目的大致趋同，都是希望以此增强国力。

通过变法率先强大起来的魏国多次打败秦国，抢占了秦国的许多土地。秦孝公即位后，深感秦国的落后，决心改革图强。于是颁布《求贤令》，招纳天下有才能的人为秦国的发展献计献策。在《求贤令》中，秦孝公痛陈国耻，历述数代国君的无能与失策，竭力表明求霸之心，并且承诺：如果有人能使秦国强大，不仅给予高官厚禄，甚至可以与秦王共享秦国。

《求贤令》一出，东方六国的才子纷纷赴秦，来寻找建功立业的机会。其中有一个人来自魏国，名叫商鞅。日后，他将成为改变秦国命运的关键人物。

商鞅本名公孙鞅，是卫国国君的后裔，年轻时很喜欢研究法家思想。当时魏国是变法的中心，有许多富有经验的改革家，商鞅便去魏国游学，学到了一身本领。他在魏国时，深受国相公叔痤的器重。公叔痤临终前向魏惠王推荐商鞅，称他可以担任国相治理国家，又叮嘱魏惠王说："主公如果不用公孙鞅，一定要杀了他，不要让他被别国重用。"魏惠王听后并未将此话放在心上，没有采纳这个建议。

之后公叔痤召来商鞅说："今天大王询问可以做国相的人，我推荐了你，但大王没有答应。我应当先尽忠君之礼，后尽人臣之责，所以对大王说：'如果不任用公孙鞅，就应当杀死他。'你可赶快离开，不然将被捉拿。"商鞅说："魏王不能听您的话任用我，又怎能听您的话杀死我呢？"后来商鞅见魏惠王绝不会重用自己，于是前往秦国，想去求贤若渴的秦孝公那里碰碰运气。

商鞅入秦

在秦国宠臣景监的引荐下，商鞅见到了秦孝公。为了弄清秦孝公的想法，商鞅先试探性地用帝道之术游说秦孝公，孝公听得直打瞌睡，觉得商鞅是个狂妄之徒，不可任用。五天后，商鞅第二次会见秦孝公，用王道之术游说，孝公依旧不感兴趣。

商鞅第三次会见秦孝公时，转而用霸道之术游说，虽然获得了孝公的肯定，但是仍没有被采用。不过，此时的商鞅已经领会了孝公心中的意图，几天后信心满满地再次求见，说如果这次还不能说服秦孝公，自己将主动离开秦国。秦孝公本来已经不想再见商鞅了，但见他一副胸有成竹的样子，也很好奇商鞅还能再讲些什么，就半信半疑地接见了他。结果两个人一见面，商鞅张口就问："当今天下四分五裂，犹如一盘散沙，秦君想不想开疆扩土，让秦国强大，成就霸业？"秦孝公的眼前立刻亮了。商鞅这一次总算说到了秦君的心坎里，两个人从白天一直聊到深夜。秦孝公激动不已，认定商鞅正是自己需要的人才。

立信与变法

在秦孝公的支持下，商鞅计划通过变法使秦国强大起来，但是担心政策颁布以后百姓不信任，于是就想出了一个办法。他让人在国都的南门外立起一根三丈长的木杆，下令：谁能把这根木杆搬到北门，就赏给他十镒

为了开展变法，商鞅徙木立信

黄金。百姓对此感到惊讶，但都半信半疑，没有人敢去搬木杆。

于是商鞅发布新的命令，把赏金提高到五十镒黄金。有一个穷人实在缺钱，半信半疑地把木杆搬到了北门。商鞅立即兑现诺言，赏给他五十镒黄金，以表明自己言出必行。见此情景，围观的百姓群情激昂，纷纷表示对朝廷的信任与支持，请求商鞅多颁布一些有利于大家的法令。

商鞅见时机已到，便陆续公布了很多新的法令。首先是奖励开垦荒田，向国家多交粮食的和战场上杀敌多的，都可以获得相应的爵位。同时削弱贵族、官吏的特权，让他们也参加生产和作战，不能再只靠着出身享乐。

变法扩大了秦国赋税和兵役的来源，提升了农民种粮、士兵杀敌的积极性，秦国的经济和军事实力迅速壮大起来。秦孝公大喜，给予商鞅更多的支持，于是商鞅进行了更为彻底的改革。

为便于向东方发展，与六国争夺天下，商鞅建议将国都迁至咸阳，营建新都城。同时废除井田制，推行郡县制，将国家权力收到国君手里。此外，他还统一了度量衡，编订户口，按户口征收赋税。从变法的内容看，不论是废除井田制,还是按军功授爵,甚至迁都咸阳,都是直接为秦国的对外战争服务的。难怪有人说,商鞅变法把秦国变成了一台战争机器。

由于商鞅变法的内容很全面,秦孝公变法的决心也足够坚定,所以秦国的变法是各国中最彻底的,在富国强兵方面的效果也最明显。后来的历代秦君仍旧奉行商鞅制定的法令,秦国的国力、军力稳步发展,逐渐成为战国实力最强的国家,为后来统一天下奠定了坚实的基础。

但是,商鞅变法并不等同于今天的"法治",商鞅在变法过程中焚烧书籍、轻视教化、鼓吹轻罪重罚,加重了百姓所受的剥削与压迫。经过变法,权力集中到国君一个人手里,更是加剧了秦王的独断专行,为后来秦王朝的短命埋下了隐患。

3. 赵武灵王的强国改革

位于四战之地的赵国

在秦国强盛崛起、魏国咄咄紧逼的形势下,赵国感受到了前所未有的压力。从地理上看，赵国被秦、韩、魏、齐、燕、中山等诸侯国和林胡、楼烦等少数民族包围，在当时被称为"四战之地"，也就是四面平坦，无险可守，容易受攻击的地方。可见赵国所处的地缘环境的险恶程度。

赵武灵王即位的时候，赵国正处在国势衰落时期，连中山那样的邻界小国也敢经常前来侵扰。而魏、韩两国更是借机重兵压境，逼得赵国几近灭亡。在对外战争中，赵国也常吃败仗，大将被擒、城池被占的事时有发生。

北方的游牧民族尤其让赵国头疼。他们常常骑着快马，像旋风一般侵入赵国，烧杀抢掠。赵国的军队还没来得及组织抵抗，他们就已经撤退了。

在与周边游牧民族频繁的战争中，赵武灵王看到了胡人的一些特别之处：他们穿着窄袖短袄，生活起居和狩猎都比较方便，作战时也比穿着长袍、甲胄的中原人更灵活。他们的骑兵、弓箭在战场上，比中原的兵车、戈矛更容易调度。尤其在山地作战时，胡人的这种优势更加明显。

因此，为了富国强兵，赵武灵王提出了"改穿胡服，学习骑射"的主张，决心取胡人之长，补自己之短。

"胡服骑射"

可是,"胡服骑射"的命令还没有下达,就遭到了许多大臣的反对。

赵武灵王见状,前去找将军肥义询问意见。肥义表示支持,并安慰赵王说:"服装与装备的改革关系到国家的安危,办大事时不能犹豫,大王既然认为这样做对国家有利,何必在意几个人的反对呢?"听了肥义的话,赵武灵王坚定了改革的决心。

第二天,赵武灵王便穿着胡人的服装上朝。大臣们见他穿着短衣窄袖的胡服,在惊讶之余议论纷纷,有人说不好看,有人说不习惯。这时,赵武灵王的叔父赵成站出来带头反对改革,为了表示不满,他甚至在家装病不上朝。

赵武灵王知道,要想推行改革,首先要破除叔父的阻拦。他亲自到叔父家中,举了大量实例,与叔父耐心地长谈了一番。赵成虽然顽固,但毕竟也是赵氏子孙,他见赵武灵王为了使赵国变强不惜与所有守旧势力对抗,终于被说服了。

次日朝会,为表示支持,赵成也穿着胡服上朝。文

赵武灵王胡服骑射

武百官见状，便也不好再反对。赵武灵王趁热打铁，命令全国上下改穿胡服。之前，赵军以步兵、战车为主，士兵的军服不适合骑马作战，与身穿短衣、长裤的胡人骑兵相比总是处于劣势。如今，赵国骑兵全部换上了窄袖交领、向右开襟的新军服，这可以说是中国军队最早的正规军装。

赵武灵王又号令士兵学习骑马射箭，不到一年，便训练出了一支强大的骑兵。第二年春天，赵武灵王亲自率领这支骑兵，打败了邻近的中山国，又收服了林胡和北方的几个游牧民族。到了改革后的第三年，赵国终于消灭了中山国，解除了心腹之患，周边的楼烦等游牧民族也都被收服了。

当时中原王朝仍把少数民族看作"异类"，在这样的背景下，赵武灵王是第一个能够力排众议，坚决向"夷狄"学习的君主。经过改革，赵国成了当时的战国七雄之一。其他各国也争相效仿赵国的改革，马匹逐渐被用于骑乘，需求量大增，这也加强了中原各国与边地各少数民族间的交流。

4. 养士之风与稷下学派

战国四公子

周朝的贵族从上到下可分为天子、诸侯、卿、大夫、士五个阶层,士在其中是处于最末端的。

春秋时期礼崩乐坏,旧贵族秩序遭到了极大的破坏。许多大夫和士家道中衰,从贵族沦落为平民,逐渐成为"士、农、工、商"的"四民"之一。他们中许多人拥有一定的知识或具备特殊的技艺,人身也是自由的,正好符合统治者对人才的需求,所以从春秋时期开始逐渐形成了养士之风。

到了战国时期,养士之风更盛。其中以养士著称的四位贵族被称为"战国四公子",他们是齐国的孟尝君、赵国的平原君、魏国的信陵君、楚国的春申君。

四公子身居将相之位,财大势大,有足够的能力豢(huàn)养数千门客。这些门客有的学问很大,可以帮着主人起草法令,编写书籍;有的富有谋略,可以为主人出谋划策,或者出面游说;有的精通天文地理、阴阳八卦,可以为主人答疑解惑;等等。而且大多数门客非常忠诚，能为主人出生入死。根据历史记载，魏国信陵君手下的门客潜伏在赵王的身边，信陵君得到的有用信息甚至比魏王还快、还准确。孟尝君逃离秦国时，门下的"鸡鸣狗盗"之徒多次帮他脱离险境。

赵国的首都邯郸被秦军包围，危在旦夕的时候，平原君的门客毛遂自告奋勇，愿去说服楚王出兵相助。平原君对他的能力有些怀疑，说："有能力的人就好像锥子装在口袋中一样，锋芒立刻会显露出来。先生在我这里已经三年了，可我没听到身边有谁称道过您。"毛遂说："如果您能够早些把我放在口袋里，我这把锥子早就扎出来了，岂止是露出一点锋芒呢？"平原君听毛遂出语不凡，就同意带他去了。一路上，毛遂的口才和见识令其他门客惊叹不已。

平原君一行到了楚国，与楚王开始会谈，可谈了半天也没有结果。于是，毛遂手按宝剑来到楚王面前，楚王见他只是个小小的随从，厉声让他退下。毛遂按剑向前，对楚王说："大王这样斥责我，不就是因为楚国人多吗？现在十步之内，大王的命就悬在我的手里！楚国这样强大的国家，却被秦军接连击败三次，这样的奇耻大辱，我们赵国都替您蒙羞！难道抗秦只是为了我们赵国吗?"楚王羞愧难当,答应派兵援救赵国,最终击退秦军,邯郸转危为安。

在养士之风的影响下,尊崇知识、重视人才成为新的社会风尚。原本已经日趋没落的"士",逐渐成了战国时期最为耀眼的社会阶层,甚至成为一股不可忽视的社会力量,出现在政治舞台上。

人才宝库稷下学宫

在养士之风盛行的时候,各个国家都想尽办法网罗人才、培养人才,其中以齐国的稷下学宫最为有名。

稷下学宫也叫稷下之学,是世界上最早的官办高等学府之一,也是政府的智囊宝库,位于齐国国都临淄的稷门附近。

学宫里有老师、有学生,学生可以自由寻师求学,老师可以自由招生讲学。凡到稷下学宫的文人学者,无论其派别、国别、年龄、资历、思想观点、政治倾向如何,都可以自由发表自己的学术见解,从而使稷下学宫成为当时各学派荟萃的中心。"诸子百家"中的道家、儒家、墨家、法家、名家、阴阳家、纵横家、兵

世界上最早的官办高等学府之一——稷下学宫

家等各种学术流派,都曾活跃在稷下学宫的舞台上。为了求得自身的存在与发展,各学派间也经常展开论争,使稷下学宫出现了中国历史上前所未有的百家争鸣的生动局面。

更为可贵的是,当时的齐国国君对稷下学宫十分重视,对稷下学宫的学者也格外礼遇。有不少学者被封为"上大夫",既拥有相应的爵位和俸禄,又不必参与琐碎的政务,更不会因为发表的政见得罪国君而获罪。

稷下学宫因秦灭齐国而消亡,但它留下的学术精神与智慧成果却一直影响着后来的人。

5. 搅动历史的两根舌头

苏秦的激将法

经过改革后,战国七雄的实力都有所增长,但战争的损耗也越来越大。各国为了积蓄力量,开始将外交活动与军事斗争结合起来,进入了合纵连横的时期。"合纵"就是南北纵列的各国联合起来,共同对付秦国这样的强国，目的是联合几个弱国抵抗一个强国，以阻止强国的兼并。"连横"则是秦国等强国拉拢一些国家，共同进攻另外一些国家，目的是以强国为靠山，共同进攻另外一些弱国，以兼并土地。

这一时期游走于各国之间，以谋略从事政治外交活动的谋士，就被称作"纵横家"。纵横家们以自己的口才和谋略影响着各国间的关系，成为当时历史舞台上的活跃人物。

苏秦就是其中的一位佼佼者。他是洛阳人，早年曾到齐国学习纵横之术。学成后，他先去游说周天子，又去游说秦惠王，但都未得到接纳。苏秦花光了所有积蓄，最后无比狼狈地回到了洛阳。苏秦闭门不出，专心重新研究合纵连横之术。经过一年的苦心揣摩，他终于掌握了当时的政治形势。再次游历列国时，他成功地说服了当时的齐、楚、燕、韩、赵、魏六国合纵抗秦。为了便于统一指挥，苏秦佩戴六国相印，做了六国的丞相。

作为各国合纵联盟的主持人，苏秦当时身在赵国，担心秦国在盟约缔结之前趁机攻打赵国，便想找一个人派往秦国为自己工作。他想到了自己的同窗张仪，认为张仪的才华在自己之上，是最合适的人选。

张仪是魏国人，曾和苏秦一起学习游说之术，学成之后便去游说楚王。有一次，他在楚国的国相家里喝酒，不巧正碰上楚相丢失了一块玉璧，因为张仪最穷，大家便怀疑是他偷的。人们把张仪抓起来严刑拷打，但是只剩一口气的张仪仍然拒绝承认偷窃。大家没有确凿证据，只好把他放了。妻子看着遍体鳞伤的张仪，又悲又恨地说："唉！你要是不到处游说，又怎会遭受这样的屈辱呢？"没想到张仪却张开嘴巴，指着舌头问妻子："你看看我的舌头还在不在？"妻子不解地说："舌头还在呀。"张仪笑着说："这就够了。"

苏秦派人去劝张仪来投奔自己，等张仪来了又故意怠慢他，当众羞辱他说："你那么有才能，怎么穷困潦倒到这种地步？"张仪一气之下便前往秦国，想借助秦国的力量报复苏秦。苏秦暗中派人资助张仪到达秦国，张仪到秦国后，很快受到秦惠王的重用。这时，苏秦派人前去告诉张仪事情的原委，张仪这才意识到原来一切都是苏秦的激将法。他感慨地说："这些权谋都是我研习过的，我却没有察觉到，我不如苏先生高明啊！"当即表示不敢图谋攻打赵国，请来人替他感谢苏秦。

凭借口才搅动天下的战国纵横家

由于历史上有关苏秦的记载很有限,《史记》中这个苏秦智激张仪的故事,可能是把其他纵横家的故事附会到了苏秦的身上。根据出土文献的记载,苏秦的活动时间要比张仪晚二十多年,所以两个人也就不太可能是一对师兄弟了。

张仪戏弄楚怀王

张仪在秦国深受秦惠王重用,担任了国相。当时秦国想要攻打齐国,但是齐、楚两国已经缔结了联盟。秦王担心出兵齐国时,楚国会趁机来袭,便派张仪去游说楚怀王,阻止楚国出兵。

张仪到了楚国后,发现楚怀王很贪婪,便心生一计。他对楚怀王说:"如果楚国愿意和齐国断绝往来,秦国愿将商於周围六百里的土地给楚国。"楚怀王禁不住诱惑,便废除了和齐国的盟约,派使臣跟着张仪到秦国去接收土地。张仪回到秦国后,假装不小心从车上跌下来受了伤,一连几个月也不提给楚国土地的事。楚怀王误以为是因为自己与齐国断交得还不彻底,就派勇士到齐国辱骂齐王。齐王震怒,和楚国彻底绝交,并和秦国结交。

张仪见自己的目的已经达成，便不再装病了。他对楚国使者说："我有秦王赐给的六里封地，愿随时献给楚王。"完全不承认从前许诺过商於之地六百里。从六百里突然变成六里，楚怀王发觉自己被骗后勃然大怒，不顾大臣们的劝告，发兵攻打秦国。结果大败而归，又丢掉了很多土地。经此一事，楚怀王对张仪恨之入骨。

张仪在秦国的成功，苏秦是背后的推手。这两个人一个合纵，一个连横，少了谁都不行。这些纵横家是典型的权谋家，没有道德，没有立场，一起凭三寸不烂之舌搅动天下。合纵既可以对齐，又可以对秦；连横既可以联秦，也可以联楚。于是就有了成语"朝秦暮楚"，形容这种变化无常的形势。后来，秦国的势力不断强大，成为东方六国的共同威胁，于是合纵成为六国合力抵抗强秦，连横则是六国分别与秦国联盟，以求苟安。而对秦国来说，连横的目的则是破坏六国间的合纵，以便孤立各国，各个击破。

"合纵连横"表面上看起来只是逞口舌之快，其实每一次对国君的游说背后，都是对列国形势的合理分析与精准预判。除了必要的口才，没有宏观的视野是很难办到的。这也是苏秦、张仪两个人能够成功的最主要原因。

6. 百家争鸣的时代

法家的集大成者韩非

春秋战国时期，古代思想和文化的发展达到了第一个高峰。这个时代群星闪耀、百家并起，奠定了中国思想文化发展的基础。儒家、法家、墨家等学派"百家争鸣"，为救乱世而开的各种"药方"，不仅影响了当时的各国，对后世中国人的心理、观念、行为方式也产生了深刻影响，形成了汉民族独特的文化特质。

法家是以法治为核心思想的重要学派，不空谈理论，而是以富国强兵为己任，积极入世。战国时期各国都以富国强兵、兼并统一为目标，因此纷纷重用法家人士，通过变法使国家富强起来。

在法家诸多代表人物中，韩非（尊称"韩非子"或"韩子"）可谓法家思想的集大成者。他将商鞅的"法"、申不害的"术"和慎到的"势"熔于一炉，发展出一整套治国理论，在中国历史上影响深远。

韩非出身于韩国宗室，年轻时痛恨韩国君主不能任用人才，于是开始埋头著述。后来，他投入荀子门下，学习"帝王之术"，与李斯成为同学。韩非的文章传到秦国，秦王看到后非常赞赏他的才华，说："寡人若能见到此人，与他交游，便死而无憾了。"后来秦国大败韩国，韩非成了秦国的俘虏。

韩非曾经的同学李斯这时正是秦王的臣子，他嫉妒韩非的才华，担心秦王重用韩非后会冷落自己，便向秦王诋毁韩非说："韩非是韩国的公子，如今您想兼并各国，韩非终究会帮韩国而不是秦国。这样的人留着必然成为后患，不如严加惩治。"秦王认为有道理，便将韩非交法官治罪。李斯指使人送毒药给韩非，让他自杀。韩非想亲自面见秦王辩白，却没有机会。后来秦王后悔了，觉得不应因此而失去一位人才，便派人去赦免韩非，但为时已晚，韩非已经死在狱中。

相较于更偏重理论和礼制的儒家，法家是更强调积极入世的行动派。在各国争相寻求富强、征战不止的战国时期，法家思想成为强化君主权力、实现富国强兵的有力工具。法家的"法治"理论不仅为统一的中央集权的秦王朝所用,更是在此后两千年中成为历代治国不可或缺的统治手段,对现代法制也有深远的影响。

以智止战的墨子

墨子姓墨名翟(dí),和孔子一样,也是鲁国人。墨子出身于当时的社会底层,最初曾学习儒家文化,后来不满于儒家一味维护周礼的思想和做事时的繁文缛节,于是脱离儒家而创立墨家。为宣传自己的主张,墨子广收门徒,墨家的势力迅速壮大,成为战国时期一支不可忽视的力量。

墨家有着严密的组织和严格的纪律。最高领袖被称为"巨子",也就是"大佬""大先生"的意思。每一代巨子由上一代巨子指定,代代相传,在团体中享有至高无上的权威。其他成员则自称"墨者",墨者必须听从巨子的号令,即使赴汤蹈火也不得拒绝。

墨子主张"兼爱"和"非攻",在战国时期各国相互攻伐不断的局势下,致力于为实现和平而奔走。墨子的主张并非仅仅停留在口号上,他亲自投身于实践活动,

既是思想家也是发明家的墨子

其中最著名的便是"止楚攻宋"的故事。

公元前440年前后，楚国准备攻打宋国，请著名工匠鲁班制造攻城的云梯等器械。墨子在家乡听到消息后非常着急，一面安排大弟子禽滑（gǔ）釐（lí）带领三百名弟子帮助宋国守城，一面亲自前去劝阻楚王。

墨子日夜兼程赶到楚国都城郢（yǐng），对楚王说："楚国方圆五千里，土地富饶，物产丰富，而宋国疆域狭窄，资源贫乏。大王攻宋，就好比身穿华丽衣裳的人却想偷邻居的粗布衣，不可谓明智之举。大王若一意孤行，不仅会丧失道义，而且必定会失败。"

楚王理屈词穷，又不想放弃攻宋，便借鲁班已造好攻城器械为由推托。墨子不以为然，表示鲁班的攻城器械是可以破解的，请求为楚王演示，楚王答应了。墨子用腰带模拟城墙，以木片表示各种器械，同鲁班演习各种攻守战阵。鲁班组织了多次进攻，结果每次都被墨子击破。鲁班的攻城器械用尽了，墨子的守城器械还有剩余，鲁班只好认输。

鲁班对墨子说："我还知道一个可以赢你的办法，可是我不说。"墨子答道："我也知道你想说的那个办法，可是我也不说。"楚王听得莫名其妙，便问两人说的是什么。墨子义正词严地对楚王说:"他的办法无非是杀死我罢了。他以为杀了我,就没人能用我的方法守卫宋国,宋国就可以攻下了。不过,在我来楚国的时候,我的学生禽滑厘等三百人已经拿着我的防守器械,用我的守城办法,率领宋国军民,在宋国的城头上等待楚国来进攻了。所以,即使杀了我,您也无法取胜。"楚王只好打消了攻打宋国的念头。

除了攻城、守城技术,墨子还会制造许多精巧的器械和机关。《墨子》一书不仅记载了大量的军事思想和军事技术,还留下了力学、光学、几何学等多方面的科学知识,墨家的科技成就在中国乃至世界科技史上占有一席之地。

读史点评

历史学家把东周分为春秋和战国两段，其实，如果按照时代主题的不同进一步划分，战国也可以分为前后两段：前一段的主题是变法图强，后一段的主题是统一天下。在各国的变法中，秦国的商鞅变法起步较晚，但由于秦孝公变法的决心最为坚决，加上秦国的保守势力相对较弱，所以秦国的变法最为彻底。由于秦人是一个通过战争成长起来的民族，所以商鞅牢牢抓住"奖励耕战"这一基本国策，使变法的内容更容易被秦人接受。从结果上看，商鞅变法加强了君主权力，实现了富国强兵。即便商鞅死后，秦法依然不变。不是不能变，而是后代秦王不愿再变，坚定地走这条高效的强国之路。通过变法，秦国废除了旧制度，创立了适应社会经济发展的新制度，为以后统一全国奠定了基础，对中国历史的发展起到了重要的作用。

思考题

有人说,商鞅用严刑峻法治理国家,使秦国百姓生活在恐惧和压迫之下,违背了"仁政"的原则。后来秦朝之所以成为二世而亡的短命王朝,早在商鞅变法时就埋下了隐患。你同意这种说法吗?说说你的理由。

第五章

属于秦国的时代

1. 最可怕的邻居

四面出击的秦昭王

秦昭王是秦惠王的儿子,是秦国在位时间最长的国君,长达五十七年。秦昭王野心勃勃,想进一步蚕食其他国家的生存空间,对六国形成碾压的态势。于是他向周围的国家大肆征战,可谓六国"最可怕的邻居"。

楚国在秦国南边,地盘很大,实力强盛。对楚地觊觎已久的秦昭王假意邀请楚怀王结盟,途中却将怀王劫持到咸阳,强迫楚国割地给秦国。楚怀王拒绝后便被囚禁,直到死后秦国才将其尸体归还楚国。此后,秦国又趁楚国群龙无首,攻占了其国都郢,烧毁了楚国先王的陵墓。

秦昭王并不满足于此,又向东边的齐国下了手。齐国当时是齐闵王在位,他好大喜功,仗着军力强盛,经常攻打周围的国家,甚至灭了宋国。于是秦国便顺水推舟，鼓动闵王称帝，以激起各国对齐的不满。等到这一招奏效，秦国便与燕、赵、韩、魏组成五国联军，攻入齐都临淄。闵王被逼逃走，后被楚国人所杀，齐国从此元气大伤，一蹶不振。

之后，秦昭王为了削弱韩、魏两国，开始着手破坏两国的合纵联盟。他任命白起为将军，在洛阳南面的伊阙斩杀韩魏联军二十四万人，迫使魏、韩两国割让许多土地给秦国。但是秦国并不满足，随后几年内又多次攻打魏、韩两国，攻占了许多城池。

在秦昭王的四面出击之下，秦国的实力得到了进一步增强，地盘也不断扩大。六国对这个强敌都十分忌惮，一时间人人"谈秦色变"。

伊阙之战五年后，秦昭王自称"西帝"，派遣使臣尊称齐湣王为"东帝"。齐湣（mǐn）王听从谋士的建议，主动取消了帝号，与各国组成合纵联盟攻打秦国，秦昭王也被迫取消了帝号。

完璧归赵

没过多久，秦国又把目光投向了赵国。赵国经过几代国君的改革，逐渐成为东方的头号强国，自然成了秦昭王的眼中钉。但秦昭王不想一上来就和赵国硬碰硬，他听说赵王得到了传世之宝和氏璧，便主动提出愿意用十五座城池来交换。秦昭王心里盘算着，如果赵王送来宝璧，自己可以赖账不给赵国城池。如果赵王拒绝，则正好以此为借口攻打赵国。

赵王和大臣们商量，认为就算真把和氏璧给秦国，秦国恐怕也不会如约给赵国城池，赵国将白白受骗。可如果不给，又怕秦国以此为借口攻打赵国。赵王忧虑万分，不知如何是好。这时，宦者令缪贤推荐说，自己的门客蔺相如有勇有谋，说不定有办法。

赵王便召见蔺相如，问他的意见。蔺相如说："秦强赵弱，不能不答应。如果不答应，则赵国理亏。如果赵国给了璧而秦王不给城池，则秦国理亏。所以应该先答应，万一事情不成，也是秦国的责任。"蔺相如主动请缨，护送和氏璧前往秦国。

蔺相如到了秦国，把璧献给秦王，发现秦王毫无诚意，便走上前说："和氏璧虽然精美，但可惜璧上有个小斑点，请让我指给大王看。"秦王信以为真，就把璧交给他。蔺相如退后几步靠在柱子上，义愤填膺地说："赵国君臣都说秦国贪得无厌，不赞同把宝璧给秦国。但我认为平民百姓之间尚且讲信用，何况是大国之间呢？于是赵王派我恭敬地把宝璧送来，表示对大王的尊重。现在大王得到了宝璧，却没有给赵国十五城的诚意。大王如果逼我，我的头颅今天就和宝璧一起撞碎在柱子上。"说完就要向柱上撞去。

秦王大惊，连忙向蔺相如道歉，并命人拿来地图，指出十五座城的位置。但蔺相如知道，秦王只是在用欺诈手段暂时安抚自己，便提出秦王应斋戒沐浴五天，五天后才能献上宝璧。秦王不敢强夺，便答应了，把蔺相如一行安置在宾馆等候。蔺相如便派随从抄小路把宝璧送回了赵国。

五天后，秦王宴请蔺相如，索要和氏璧。蔺相如说："秦国从秦穆公至今二十多位君王，从来没有一个遵守约定的。我实在是害怕被大王欺骗，所以派人先把宝璧送回赵国了。不如秦国先把十五座城割给赵国，赵国肯定不敢为了一块宝璧而得罪大王。我知道欺骗大王罪该万死，现在就请杀了我吧。"秦王和群臣面面相觑，知道就算杀了蔺相如，终究还是得不到和氏璧，只好放蔺相如回去。

远交近攻

秦昭王与赵国打了这一番交道,却一丝便宜也没有占到,于是又恢复了战争手段,派大将白起率军攻打赵国。秦军先后夺取了赵国的石城和光狼城,大肆屠杀赵军,甚至将赵军的两万俘虏淹死在黄河里。

秦军的暴行激起了各国的愤怒。公元前270年,当秦国又一次攻打赵国时,赵国大将赵奢大败秦军,秦军损失惨重,士气受到极大的打击。

见赵国不好惹,秦国便想掉头攻打齐国。谋士范雎(jū)指着地图向秦昭王一一分析各国地理位置的牵扯与相互关系,他说:"齐国势力强大,离秦国又很远,攻打齐国势必要经过韩、魏两国。军队派少了,难以取胜,还有被韩、魏偷袭的危险。军队派多了,消耗会很大。即使打胜了,想要隔着韩、魏去管理齐国土地也很麻烦。而且秦国现在四处出击,得罪的国家太多,这样是很危险的,不如先攻打邻国韩、魏,逐步蚕食东方六国。这样秦国既能得到土地,又能获得休养生息的机会。"

秦昭王采纳了范雎的建议,将其作为此后的国策来执行，史称"远交近攻"。不久他又任命范雎为丞相，采取新的战略，开始蚕食诸侯。

2. 一场靠"饿"取胜的战争

上党争夺战

上党位于今山西东南部，号称"天下之脊"，地形地势十分险要，自古就是兵家必争的咽喉之地。魏、赵、韩三家分晋后，上党郡归属韩国，下辖十七座城池，地盘很大。强大的秦国早就盯上了这块肥肉，根据远交近攻的策略，离秦国距离最近且最弱小的韩国就成了秦国首先攻打的目标。公元前262年，秦国占领了韩国的野王（今河南沁阳），一举将韩国的领土拦腰切断，完全截断了韩国的上党郡与都城之间的联系。

上党郡离秦国很近，韩王知道这里早晚要失守，便主动将其献给秦国，以求秦国退兵。但郡守冯亭不愿意降秦，转手把上党郡献给了赵国。赵王既想接收上党，又怕秦国报复，一时犹豫不决，于是召见平原君赵胜问他的意见。平原君说:"发动大军经年累月地攻打,也不见得能攻下一座城池。如今可以坐享其成得到十七座城池,这个机会不能错过呀!"赵王觉得有理,又问:"接受上党后秦国必定派兵来攻,谁能抵挡?"平原君回答:"廉颇勇猛善战、爱惜将士,完全可以胜任守城之责。"于是赵国便冒着得罪秦国的危险接收了上党,并派大将廉颇率军驻守长平(今山西高平北),阻挡在秦军前往上党的必经之路上,以防秦军偷袭。

廉颇是赵国的名将,以卓越的战功被封为上卿。蔺相如完璧归赵后,又在渑(miǎn)池(今属河南三门峡)之会上智斗秦王,立下大功,官位超过了廉颇。廉颇心里不服气,觉得蔺相如只是靠能言善辩侥幸立功,放出话去一定要羞辱他一番。蔺相如听说后,便处处忍让,尽量避开廉颇,廉颇心中十分得意。

蔺相如的门客很不理解,蔺相如心平气和地解释说:"秦王我都不怕,难道会怕廉将军吗?如果我们两个人相斗,秦国必定趁机攻打我们赵国。我是为了国家安危,才把个人恩怨放到一边哪。"廉颇听到了这番话,心里非常惭愧,便解衣赤背,背上惩处罪人用的荆条,到蔺相如府上谢罪。从此二人成了挚友,同心协力保卫赵国,留下一段"将相和"的佳话。

眼见要到手的上党郡就这么被赵国夺走了,秦王一怒之下出兵伐赵。在秦将王龁(hé)的持续攻打下,秦军占领了上党。上党的百姓纷纷逃到赵国,赵国军队在长平接应百姓。

上党之战虽然结束了,却成为点燃一场规模大得多的新战役的导火索——秦、赵两国大军在长平形成对峙之势,奏响了长平之战的序曲。

纸上谈兵的赵括

秦军占领上党之后,士气正盛。而赵军经过长途跋涉,兵力上处于劣势,陷入被动地位。面对这种局面,赵军主将廉颇采取了坚守的策略。廉颇是赵国名将,曾经率军大破齐国,官拜上卿。他让士兵凭借山险筑起坚固的营垒,命令他们不管秦军怎么挑战,都不能出击。同时,他把上党的百姓集中起来,帮助赵军运输物资,做好与秦军长期相持的准备。廉颇决定坚守三年,想以此挫败秦军士气,等到他们疲惫时再一举进攻。

果然,秦军虽然不断发起强攻,收获却很少,加上

只会纸上谈兵的将军赵括

粮草不继，士兵中伤病的很多，士气开始低落。王龁很是忧虑，把这个情况报告了秦王。秦王知道这样下去不是办法，于是心生一计。他派人去赵国散布谣言，说秦军不怕廉颇，只怕赵括，如果赵括做主将，秦军早就被打败了。

原来，赵括是赵国大将赵奢的儿子。赵奢曾以少胜多，大败秦军，因此被任命为上卿。赵括作为将门之子，从小熟读兵书，爱谈军事，在地图上排兵布阵头头是道，连父亲也难不倒他。

别人对此都很钦佩，然而"知子莫若父"，只有赵奢心里清楚，赵括不过是纸上谈兵，真要打起仗来派不上用场。他曾断言，赵国将来若是任用赵括为将，一定会遭受失败。但赵奢已经去世多年，他的话也早被大家淡忘了。

说的人多了，赵王也开始相信秦国散布的谣言，认为廉颇坚守不出是胆怯的表现。于是他把赵括找来，问他能不能打退秦军。赵括自信地说："要是秦国派白起来，那我还会犹豫一下。如今来的是王龁，他也就只能对付一下廉颇，根本不是我的对手。"赵王听了很高兴，不顾蔺相如和赵括母亲的谏阻，派赵括去前线，代替廉颇统率赵军。

廉颇告诫赵括:"秦军千里奔袭而来,希望速战速决,所以我军应以坚守为主,才最为有利。"但自负的赵括却冷眼相待,廉颇一怒之下交出帅印,离开了大营。

赵王不知道的是,这次临阵换帅正中了秦王的圈套,也成为战场上局势扭转的关键。

长平决战

赵军在长平前线前后投入了四十多万兵力,秦国的兵力原本也与此相当。但是当赵括代替廉颇担任主将的消息传到了秦王的耳朵里,他立刻明白是时候与赵国进行战略决战了,便将前线兵力悄悄增加到了六十万,并暗中调派秦国最能打仗的常胜将军白起到长平指挥作战,改命王龁担任副将。

为了防止赵国知道这一部署后有所防备,秦王令军中严守秘密,走漏消息的格杀勿论。因此,到任后的赵括以为秦军的主帅仍是王龁,便改变了廉颇的作战方针,针对王龁的作战特点,主动出兵进攻秦军。白起见状,命令秦军佯装战败,一路溃退。赵括不问虚实,亲自率领赵军乘胜追击,一直追到秦军的营垒。

赵军以为可以乘势轻松地攻破秦军的营垒,但其实秦军早有准备,赵军久攻不克,几十万军队被牢牢地吸引在秦军的营垒前。这一切都在白起的计划之中。就在赵军猛攻秦军营垒,以为胜利就在眼前时,白起命令一支数万人的队伍绕到赵军后方展开突袭,彻底截断其后路,又命一支五千人的骑兵插到赵军大部队与后方的营垒之间。就这样,秦军在赵军还没反应过来的情况下,就将其主力军割成了两支孤立的部队,同时切断了他们的粮道。

等到赵军彻底孤立无援之时,白起才命令秦军发动正面攻击。直到此时,赵括才发觉自己中了圈套,原来秦军的主帅是白起。但是一切都来不及了,赵军因为数战不利,已经被迫就地转为防御,以待救援。另一边,当秦王得知赵军受困的消息后,第一时间赶往前线,命令当地郡县所有百姓支援前线,并征调全国十五岁以上的青壮年集中到长平,拦截赵国的援军。同时,秦国还向各国宣布,如果谁敢支援赵国,就是秦军的下一个攻打目标。

前线无援军,后勤无粮草,赵军的主力就这样被逼入了绝境。四十六天之后,赵括终于按捺不住,亲率部队突围,被秦军乱箭射死。失去主将的赵军成了一盘散沙,无法再战,于是四十万士兵向秦军投降。秦军害怕这几十万降兵日后成为自己的威胁,便将其全部活埋,只放走了年纪尚小的两百多名士兵。

经过长平一战,赵国元气大伤,再也无力与秦国对抗,自此一蹶不振。这一战可以说是战国历史最后的转折点,为秦国铺平了统一天下的道路。从此秦国的铁骑势不可当,秦国统一天下只是时间问题了。

3. 荆轲刺秦王

少年嬴政与太子丹

当秦赵两国军队在长平打得不可开交的时候,在赵国首都邯郸,一个婴儿呱呱落地。当时正逢正月,婴儿的父亲便给他起名为赵政。

赵政原本姓嬴,他的本名应该是嬴政。他是秦国的王族,本应在秦国做一个锦衣玉食的王孙,无奈出生于父亲异人在赵国做人质的时期，从小在动乱中成长。秦赵之间的矛盾不断加深，异人随时都有性命之忧，只好抛下嬴政母子，在大商人吕不韦的帮助下逃回秦国。长平之战后，秦国坑杀赵国降卒的暴行使赵国上下对秦人愤恨不已，在邯郸做人质的嬴政母子日子过得非常艰难。

好在嬴政有一个名叫姬丹的小伙伴。姬丹是燕国的太子，也被称为"太子丹"。当时，燕赵两国关系很好，所以太子丹虽然是人质，生活待遇却比嬴政好得多。当别的孩子欺负嬴政时，太子丹常常挺身而出保护他。嬴政很感激太子丹，于是两个人渐渐成了好朋友。

嬴政的父亲异人当上太子后，把嬴政母子也接了回去。几年后，嬴政接替去世的父亲成了新的秦王。太子丹想借自己与秦王儿时的友谊，为燕国谋求利益，于是主动要求到秦国做人质。但到了秦国后，嬴政却对他十分冷漠。太子丹对嬴政满腹怨气，最后找机会逃回了燕国。

为了统一天下，秦王嬴政先后灭了韩国，俘虏了赵王，并占领了魏国的大部分领土，秦军驻扎在燕国边境南面。燕国在七国中本来就实力弱小，现在见秦国重兵压境，许多大臣都想投降秦国。逃回燕国后的太子丹，清楚燕国时刻面临着亡国的危险。

被迫上岗的刺客

在春秋战国时期这个大动荡的时代，政治斗争异常激烈。刺客这个特殊的群体在其中扮演了重要角色，大臣、诸侯王之间利用刺客刺杀政敌的桥段时常上演。许多刺客本身也是知恩图报、轻死重义的侠客，留下了无数流传千古的传奇故事。对秦王怀恨在心的太子丹也想借刺客之手杀掉秦王，使秦国陷入混乱，从而保全燕国。

当时秦国是人人谈之色变的虎狼之国，面对刺杀秦王这个艰巨任务，哪里去找这样的勇士呢？皇天不负有心人，在太子丹的努力寻求之下，有人向他推荐了荆轲。荆轲本是齐国贵族的后裔，后迁居卫国，后来又流落到燕国。太子丹知道荆轲有勇有谋，想干一番大事业，便找到荆轲，奉若上宾。在太子丹坚持不懈的请求下，荆轲答应了刺秦的任务。

荆轲作为太子丹的宾客又过了很长一段时间，仍没有要行动的意思。秦军已经灭了赵国，兵锋逼近燕国南部边界。太子丹十分害怕,于是请求荆轲尽快动身。荆轲说:"我并非故意拖延,只是现在没有能让秦王相信我的东西,无法接近秦王。如果能得到樊於期(wū jī)将军的首级和燕国粮仓督亢之地的地图,拿去献给秦王,秦王一定愿意接见我,这样我才有机会。"

樊於期本是秦国的将军,叛逃后正在燕国避难,与太子丹是好友,秦王悬赏千金缉拿他。荆轲知道太子丹不忍心,便亲自去向樊於期说明,樊於期同样对秦王恨之入骨,明白这是自己报仇的唯一机会,便拔剑自刎而死。

有了樊於期的头颅和燕国督亢的地图,荆轲便有了出使秦国并靠近秦王的机会。太子丹还命人为荆轲准备了一把涂有毒药的无比锋利的匕首,人只要被它割破一道小小的伤口,就会立刻毙命。

风萧萧兮易水寒

一切准备就绪,太子丹便催着荆轲入秦了。他还派勇士秦舞阳给荆轲做副手,以确保刺杀成功。又过了些日子,荆轲还没有动身的意思,太子丹怀疑他反悔,就再次催促。荆轲怒斥道:"太子这是什么意思?我之所以暂留,是等待另一位朋友同去。既然太子认为我在拖延,那现在就诀别吧!"

太子丹及宾客们都穿着白衣、戴着白帽,在易水岸边为荆轲饯行。荆轲用苍凉凄婉的曲调唱道:"风萧萧兮易水寒,壮士一去兮不复还!"送行的人一个个怒目圆睁,头发直竖,歌声慷慨激昂。荆轲在歌声中上车离开,从始至终都没有回头。

到了秦王宫,荆轲捧着装了樊於期头颅的盒子,秦武阳捧着地图匣子,走到殿前的台阶下。看到宏伟的宫殿和卫士们的阵势,秦武阳吓得脸色都变了,荆轲回头对他笑了笑,上前替他向秦王谢罪说:"他是个来自北方蛮夷之地的人,没有见过如此威严的阵仗,请大王原谅。"

秦王命荆轲呈上地图,荆轲捧着图送到秦王面前,当图轴缓缓展开,藏在其中的匕首就露了出来。荆轲左手一把抓住秦王的衣袖,右手抄起匕首刺过去。秦王大惊之下,扯断袖子躲开了。荆轲开始在大殿上追逐秦王,秦王绕着柱子逃跑躲避。秦王几次想拔剑反击,但因剑太长,匆忙之中拔不出来。

大殿上的群臣看到这一幕无不大惊失色,但按照秦国的法律，殿上的臣子不能带兵器，而卫士们都在宫殿外列队，来不及召唤。医官夏无且（jū）把随身带的药箱掷向荆轲，侍臣们趁机提醒秦王："大王把剑推到背上！"秦王急忙照做，终于拔出了剑，一剑砍断了荆轲的大腿。荆轲倒地后，把匕首掷向秦王，但没有击中，秦王又上前补了几剑。荆轲知道自己已经失败，坐在地上骂道："我之所以没有成功，是想劫持你，逼你归还燕国的土地，来回报燕太子呀！"秦王的侍臣上前将荆轲斩杀。

这段惊心动魄的刺杀过程，通过夏无且的口述流传下来并被记载到《史记》中。但这毕竟只是一面之词，也有文献记载荆轲一到秦国就被捕了。秦王对刺杀行动的幕后主使太子丹怒不可遏，便命令军队进攻燕国。很快，秦军就攻下了燕国都城，燕王与太子丹逃亡辽东。

4. 秦灭六国

攻灭三晋

从秦孝公开始，秦国的六代君王为了使秦国强大可谓殚精竭虑，到秦王嬴政时终于有了一统天下的机会。秦王嬴政一面用大量钱财宝物贿赂六国的权臣、奸臣，让他们从内部分化瓦解敌国，一面继续实行远交近攻的策略，先近后远，先弱后强，将敌国各个击破。

韩国离秦国最近，又地处当时各国的中央，地理位置很重要，因此成为秦国的第一个目标，最先被灭。赵国自长平之战后便一蹶不振，秦国趁赵国发生大旱灾再次出兵，用了一年多的时间成功地将其击溃。消灭了韩、赵后，秦国便着手南下灭楚。从中原的魏国出兵攻打楚国的路线是最合理的，于是秦国决定先灭魏再伐楚。

魏国的战略位置原本非常优越，但由于战争频繁，国力被大大削弱。加上多年来不断对秦国割地求和，领土被蚕食得所剩无几，此时只剩下国都大梁（今河南开封西北）附近的一些城邑。

秦王派少年将军王贲为将，率军攻打魏国。随着大梁周围城邑的失陷，大梁逐渐成了一座孤城。但正是这座孤城，成了秦军难啃的一块硬骨头，不论王贲大军怎么夜以继日地围攻，大梁城都固若金汤。原来，大梁城不但城墙高大坚固，周围还有纵横交错的水网，既能作为补给的大动脉，也可以有效地阻挡敌军的进攻。

王贲作为老将王翦之子，年龄虽小却智勇超群。他见进攻受挫，心想就算这么硬打下去，也只是在做无用功，便转而思考新的战术。在仔细观察了地形后，他发现，此城虽然城墙高大坚固，但地势却不高，远远低于城西的黄河堤防。若能将黄河水引入大梁，城墙就会受到冲击。于是，王贲下令挖渠引流，不到一个月，就把沟渠挖到了城下。看准时机后，他命秦军破堤灌水，果然，没多久大梁城外就变成了一片汪洋。最终城墙坍塌，魏王投降。

至此，合称"三晋"的韩、赵、魏三国全部灭亡，秦国成功地进占中原，取得了消灭齐、楚等国的跳板。

王翦伐楚

公元前224年，秦王嬴政决定乘胜发动灭楚战争。

当时的楚国仍是南方的大国，幅员辽阔，拥有六国接近三分之一的土地。大将王翦与李信在动用多少兵力上产生了分歧。李信出于过往与楚军试探作战的经验，认为二十万秦军即可灭楚，王翦则坚持要六十万。秦王嬴政在综合考虑之下，采纳了李信的建议，希望能够速战速决。李信带兵出征，中途却被楚国逆转战局，大败而归。秦王见状，迅速重新起用王翦担任秦军统帅，并给了他六十万大军。

秦王将举国之兵力交给王翦，无异于把身家性命也托付了出去。一旦秦军被截断粮道，又或者惨败，面临的几乎就是灭国的危险。但是王翦非常自信，出征前便请求秦王多赐给自己一些良田和大宅。这位老谋深算的将军敢于在胜负未定时就提前请赏，一是为了避免秦王的猜疑，表明自己毫无拥兵反叛之心，只想给儿孙留些财产；二是展示必胜之心。

王翦如此有信心，也是因为他早就根据楚军的特点，定下了作战策略。他知道楚军具有坚强的毅力，而且主将项燕是个能战能守的人才，一旦行动不慎，就会影响整个战争的前景。因此，他采取了与李信完全相反的作战策略，命令部队构筑坚固的营垒，休整待命，不许出战。

于是不论楚军怎么挑战，王翦始终不肯出兵，只让士兵们吃好喝好。过了一段日子，王翦问手下的将领："现在军中都在玩什么游戏？"将领回答说："正在玩投石、跳远的游戏。"王翦便把那些投得准的、跳得远的、力气大的士兵组织起来，组成一支特别部队加以专门训练。

楚王多次催促项燕进攻秦军，但是秦军拒不出战，秦军的营垒一时又很难攻破。无奈之下，粮草匮乏的项燕只好带领楚军向东转移，而这正是王翦按兵不动一年等来的战机。见项燕出动，王翦立即出兵追赶，并让特别部队冲在最前面，将楚军打得大败。主将项燕阵亡，楚军全线溃败，王翦乘胜攻取楚国首都，俘获了楚王。

楚国灭亡以后，秦军又顺势进攻辽东。燕军无力应战，燕王被秦军俘虏，燕国灭亡。在秦军攻打韩、赵、魏、楚、燕五国的时候，齐国一直置身事外，坐视各国灭亡。公元前221年，王贲统率秦军，从燕国南部对齐国突然发动进攻，齐国毫无作战准备，首都临淄很快被秦军包围。齐王接受了大臣的建议，不战而降。

至此，六国都被秦国所灭，秦国成为华夏大地上唯一的主宰。统一天下的秦王嬴政自称"秦始皇"，中国也从此开始了长达两千年的帝制时代。

5. 简帛中的战国社会

楚国贵族的读书单

战国时期虽然是一个充满刀光剑影的时代,但在战火之外,也留下了许多物质文明的宝贵遗产。

春秋战国时期,书写的最主要材料是竹简、木牍,有时重要的内容也会抄写在丝帛上。通过这些出土的简帛,我们有机会一睹战国时期人们的日常生活。

在出土的战国简帛中,楚简的数量最多,出土地多集中在湖北、湖南等地。除了部分内容属于记录陪葬品的"遣册",剩下的以典籍、司法文书、祭祀占卜记录居多。这些简帛多为墓主人的陪葬品,应是墓主人的生活常用之物,所以根据简帛的内容,我们就可以了解当时楚国贵族们最爱读哪些书籍文章了。

在已发现的楚国简帛中,以儒家和道家的典籍最多,最常见的是《周易》和《道德经》。据此也可以看出儒家和道家学说在楚国的流行程度。

比较奇怪的是,战国时期与儒家同为显学的墨家,其文献在楚简中却很少发现。不知是由于墨家在楚国不流行，还是楚国贵族不喜欢读墨家的书，又或者当时的贵族不喜欢用墨家的书陪葬，确切的原因现在还不得而知，只能寄希望于将来有更多的考古发现来为人们答疑解惑了。

改写历史的秦国律法

与楚简不同，秦简中的大部分内容都是关于法律法规的。这些法律法规有的是当时秦律的抄本，有的是以问答形式对秦律进行解释，相当于秦国的法律答问。此外还有关于审判的原则，以及对案件进行调查、勘验、审讯和查封的规定和文书程式等。

秦朝灭亡以后，流传至今的秦律资料非常稀少。因此，出土秦简中关于秦律的记载，在一定程度上弥补了这个遗憾。其中有些秦律的记载，甚至可以帮助人们重新认识历史。

比如，关于揭开抗秦序幕的陈胜吴广起义，根据汉代史学家司马迁在《史记》中的记载，是因为陈胜、吴广等人在去边境服徭役的路上遭遇暴雨，道路不通，延误了日期的缘故。陈胜、吴广对其他一起去服徭役的人说:"超过了规定的期限,按照秦律是要杀头的。如今逃走是死,起义也是死,同样是死,还不如干一番大事业,这样死得更有价值。"

但是出土的秦律却记载:如果误了日期,迟到三到五天,受到的惩罚是斥责;迟到六到十天,受到的惩罚是罚一副盾牌;迟到超过十天,受到的惩罚是罚一副铠甲;如果是大暴雨等特殊天气导致的迟到,则可以免除刑罚。

这样看来,陈胜、吴广的话和秦律是矛盾的,要么是他们不懂法律,要么就是他们故意欺骗不懂法律的百姓,让他们支持自己起义。所以,出土的秦简文献作为一手的原始史料价值极高,可以帮助我们发现以前没有被注意到的历史细节。

值得一提的是,秦简不光记载秦国的法律,有时也会抄录其他国家的一些律令条文。比如睡虎地秦简中就抄录了魏国的一段《户律》和一段《奔命律》,这对于研究战国时期其他国家的法律很有帮助。

小吏喜的一生

湖北省云梦县睡虎地秦墓的主人叫喜,根据墓中留下的文字可知,喜出生于公元前262年,正值长平之战前夕。

喜的童年是在秦国频繁对外征战的环境中度过的,那时秦人热衷于通过征战来获取爵位。所以喜刚年满十六岁,就积极地去官府登记,开始为秦国服徭役。

喜显然有着过人的能力,没多久他就升职为安陆县御史,后来又调任安陆县令史、鄢令史等官职,这些都是与刑法相关的职位。二十岁出头的时候,喜开始独自负责今天的河南鄢陵等地区法律案件的审理工作,已经是大秦帝国重要的基层官员了。

秦王嬴政亲政后,战事频起,喜再次从军,亲身经历了统一六国的整个过程。战争结束后,喜被调到湖北云梦县,继续当他的基层小吏。经历过剑戟相拼、以命相搏的铁血战争后,喜显然比一般人更懂得珍惜难得的宁静生活。在工作之余,除了享受家庭生活的欢愉,喜还喜欢在竹简上写写画画,誊抄秦的法律条文,记录国家的重大事件。就这样年复一年,笔耕不辍。

不知不觉中,喜已头发花白,年近古稀。看着满屋子的竹简,他非常满足,从中选出自己最喜欢的一千多支竹简,交代家人在自己去世后将这批竹简放在他的身

每天与文书打交道的秦朝小吏

旁，一起下葬。

　　这就是睡虎地秦简的来历。而喜大概无论如何也不会想到，两千年之后，正是他的这些业余爱好，使后世的我们有机会了解到秦国一个基层官吏的生活，并为学者们研究秦代法律提供了弥足珍贵的文献资料。

读史点评

春秋战国是中国历史上的一段大分裂时期，经过五百多年的社会动荡，人们深受战乱之苦，渴望早日结束战争。到了战国中后期，随着各诸侯国之间经济文化联系的不断加强，政治上的分裂状态已经严重阻碍了社会发展，统一渐渐成为大势所趋、人心所向。而经过长达数百年的兼并战争，诸侯国的数量也大大减少，逐渐形成七国争雄的局面。随着秦国的一家独大，天下重归一统有了现实的可能性，秦国成为历史舞台上的主角。

战国时期，秦、楚、赵、齐等国都曾有过统一天下的实力。秦国的治下既有西北的草原游牧民族，又有西南的山地民族，此外还有广阔平原地区的农耕民族，拥有的区域文明类型比其他六国都要多。从商鞅变法到秦始皇即位，秦国已施行了一百多年的郡县制和统一度量衡等工作，从治一国到治天下，秦国所做的准备最为充分。最后由秦国来完成统一天下的历史大业，其中也包含着几分必然性。

思考题

　　假如荆轲刺杀秦王成功,能否改变燕国灭亡的命运和天下归秦的结果?说说你的理由。

大事年表

前770年	周平王东迁洛邑,东周开始。
前707年	周、郑繻葛之战。
前685年	齐桓公即位,任用管仲为相。
前659年	秦穆公即位。
前651年	齐桓公主持葵丘会盟。
前638年	宋、楚泓水之战,宋襄公战败受伤。
前636年	重耳即位,即晋文公。
前632年	晋、楚城濮之战。晋文公称霸。
前624年	秦穆公称霸西戎。
前606年	楚庄王问鼎中原。
前515年	专诸刺杀王僚,公子光即位,即吴王阖闾。
前497年	孔子开始周游列国。
前496年	吴、越槜李之战。吴王夫差即位。
前494年	越王勾践战败,在吴国为奴。
前473年	越国攻入吴都,吴王夫差自杀,吴国灭亡。

前453年	魏、赵、韩三家分晋。
前386年	田氏代齐。
前361年	秦孝公即位,颁布《求贤令》。
前356年	商鞅在秦国开始变法。
前353年	齐国围魏救赵。
前350年	商鞅第二次变法。秦国迁都咸阳。
前307年	赵武灵王胡服骑射改革。
前278年	秦军攻克楚国都城郢,屈原投汨罗江自杀。
前269年	秦、赵阏与之战,赵奢大败秦军。
前260年	秦军攻占上党,秦、赵长平之战。
前256年	秦国蜀郡太守李冰父子主持修建都江堰。
前238年	秦王嬴政平定嫪毐（lào' ǎi）叛乱后开始亲政。
前230—前221年	秦国先后灭韩、赵、魏、楚、燕、齐六国。
前221年	秦国统一天下。